花开
一扇门

怡　霖◎著

国文出版社

·北京·

图书在版编目（CIP）数据

花开一扇门／怡霖著．-- 北京：国文出版社有限
责任公司，2024．--（冰心散文奖获奖者作品精选集）．
ISBN 978-7-5125-1652-6

Ⅰ．I227

中国国家版本馆 CIP 数据核字第 20242AD145 号

花开一扇门

作　者	怡　霖
责任编辑	侯娟雅
责任校对	丁　宁
出版发行	国文出版社
经　销	全国新华书店
印　刷	北京飞达印刷有限责任公司
开　本	710 毫米 ×1000 毫米　　16 开
	12 印张　　178 千字
版　次	2024 年 8 月第 1 版
	2024 年 8 月第 1 次印刷
书　号	ISBN 978-7-5125-1652-6
定　价	39.80 元

国文出版社
北京市朝阳区东土城路乙 9 号　　邮编：100013
总编室：(010) 64270995　　传真：(010) 64270995
销售热线：(010) 64271187
传真：(010) 64271187-800
E-mail：icpc@95777.sina.net

爱上阅读，学会写作

○凌翔

爱读书，读好书，养成阅读好习惯，这是近年来流行的好趋势。

阅读的好处毋庸置疑，越来越被专家学者及广大青少年读者认可。

大家越来越认识到，阅读将会对读者起到潜移默化的作用，既开阔了读者的眼界，也陶冶了读者的情操，它会不断引导读者不断提高自己的能力素质，调整自己的心情，缓解生活中的压力，帮助读者在丰富知识的同时增强胆识和气度。所以，引导广大青少年学会阅读、爱上阅读、阅读好书，越来越成为专家学者们的一大重要任务。

散文是一种抒发作者真情实感、写作方式灵活多样的记叙类文学体裁。广义地说，散文是与小说、诗歌、戏剧并列，在小说、诗歌、戏剧以外的所有文学作品的统称。但在当代，散文又专指那些形散而神不散、意境深邃、语言优美的文章，所以，当代散文又有了一个形象的称呼：美文。

散文的门槛不高，可以说，只要会写作文的人，都能够写散文。所以，在我国，每天都会有数不清的散文作品诞生。不过，尽管散文作品的量很大，但真正的好散文、真正能够传世的散文并不多。可以说，我们常见的散文大多是平庸的作品，所以为了能够在海量散文作品中发现优秀的散文作品，人们开展了多种多样的散文评选活动，其中名气较大的有冰心散文奖、三毛散文奖、丰子恺散文奖等。当下权威的散文奖项当属冰心散文奖，该奖项由中国散文学会组织，在著名作家冰心女士生前捐赠的稿费基础上设立，每两年评选一次，旨在评选出题材广泛、思想敏锐、能够深刻反映现实生活的优秀散文作品，被誉为中国散文界最为重要和专业的奖项。正因为此，每届冰心散文奖获奖散文作品集都极受欢迎，成为散文写作者的范本，也成为老师推荐学生阅读的精品。为了给广大读者提供更全面、更精美的散文阅读范本，我们从已经举办的九届数百名获奖作家中挑选出几十位最适合中学生阅读的散文家，请他们从自己所有的作品中挑选出文字精美、意境深远的作品，结集推出，希望编写出版一批为中学生所喜闻乐见的好的散文选本。

大家知道，与小说相反，散文是写实的，散文作家在写作时，如同用照相机拍照一样，用他们的笔墨触及身边的人、事和风景。即使是历史散文，作者笔墨描绘的也都是真实的人和物，所以，真实是一篇好散文要满足的首要条件。其次，好的散文在"形"散的基础上，实则上是"神"的聚焦，是思想的聚焦、灵魂的聚焦。正所谓说东话西，全都是为了一个中心。第三，散文注重抒情，注重遣词造句的美与高雅，注重每个篇章、段落之间层次的递进、并列和呼应，所以，散文又是不拘一格的。正因为此，阅读欣赏散文作品时，要能够阅读出新词妙意，阅读出谋篇布局，阅读出作者的所思所想，阅读出作者字里行间散发出来的对生活的热爱和对美好人生的向往，以及对万事万物的兴趣和景仰。

千万别指望别人给你提炼出一、二、三、四的写作方法，即使有人总结出了什么写作诀窍，也千万不要相信。写作从来都没有捷径，要想写出好文章，必须进行深入的阅读，阅读最好的作品，阅读的同时不断分析作品，把作品拆开来思考。只有读出了每篇作品的结构组成，读出了人物刻画的方法，读出了语言运用的技巧，才会把优秀作品的营养吸收下来，从而转化为自己写作的智慧。

写作的门槛确实很低，但写作的台阶却很多、很高，我们每迈上一级台阶，都需要付出很多很多的汗水。让我们一起多读好文章吧，为自己写出好文章积累砖瓦，达到"对事物的观察十分细致，对人物的刻画九分入骨，对心灵的把握八分精准"的标准。

一半是寒水，一半是暖阳

——《花开一扇门》序

梁长峨

多年前的一天，一个个文字，突然从她手机的屏幕上浮现出来，像沉在水里的精灵，冲破水面。

那一行行文字，组成一座浓荫如盖的小院，簇拥着她，环绕着她。从此，她一发而不可收，再也没有走出这座文字的小院，无论寒风还是夜雨，无论欢乐还是痛苦，她都默默地、静静地，在这座小院里度过。

在这里，她用文字作展板和乳汁，展示和滋养自己的灵魂；她用文字作壁垒，抵御袭来的俗风和浩大无边的庸常。

从发表第一篇散文开始，她的大脑就犹如核反应堆，发生一系列爆炸，在她用作稿纸的手机屏幕上，总是有精美的文字超速闪出。此后，她抱着沉甸甸的五本散文集，加入中国文学天空的雁阵，成为中国作家协会会员。

之前从未拿过笔，在人生文学创作发令之枪响了很久，许许多多同龄人抢在她前面跑了很远很远之后，她才起步，甚至是毫无准备，赤着脚起跑，怎么会如此卓异？

写作最深最直接的根源，是作家内心深处有话要说，而这种强烈的要诉说出来的愿望，成为作家最初拿笔写作的原动力。换句话说，一个作家写作的源头在自己同这个世界之间的矛盾焦点上，这个焦点，就是文学创作之母。但每个作家所面对的世界焦点都不同，所以每个作家在作品中表现的喜怒哀乐也各不相同。其哀必有因，其鸣必有缘，每个人都是鸣其所要鸣，哀其所要哀，诉其所要诉，不平于其所不平。那么，怡霖写作的最初原动力和文学创作之母是什么呢？

父亲去世时，她才六岁。看到妈妈的艰难，看到十岁的姐姐为了支撑这个家断然辍学，她就常常揪心地痛。于是，幼小的她，还该在妈妈怀抱里撒娇的她，就学着提水做饭，照顾卧病在床的祖母；为了多赚点儿工分，她还帮助生产队割草放牛。无论狂风，无论暴雨，无论烈日，无论雪天，几乎都能在山野中看到她弱小的身影。有几次，她放牛于山野，割草于山崖，险丧小命。瘦弱的她，竟然常常用麻袋装着草，一步一步翻越一个山坡又一个山坡地往回挑。她说，她那时盼望快快长大的心就像紫菜浸水一样骤间膨胀。她是多么希望自己能够帮助家里摆脱困境，让家人不被欺凌啊！后来，在极其艰难的生活中，她上了小学，上了初中。

怡霖（作者笔名）从幼年开始，一直在冰雪之中艰难地度着日月，她的心一直被寒冷侵袭着，一直在冰冷的寒水中浸泡着。这种寒水浸透她的心肺，浸透她的骨髓，她比一般人更痛彻心扉地知道什么叫穷困，艰难，被欺凌；什么叫被人瞧不起，被人踩在脚下；什么叫底层更底层人的生活。所以，她写出了《山河岁月》《父劫》《蹒跚的软语》等读来令人肝肠寸断的散文。这些作品让我看到作者在过往岁月中一次又一次泪水洗面的情景，她在艰困中，伸着抽泣已久的求救者的手指。这些散文比一部长篇小说都厚重，都更有价值。这些散文是她铭心刻骨的艰难生存的记录，是她真实的生命的体验，是她在现实中梦魇经历的独特的内心感受，是残酷命运威慑下，她和家人走投无路的灵魂磨难和肉体磨难的本真再现，是无情的现实和命运对一个人及一个家庭残酷的挤压和决绝的冷漠的再版。这让我想起大歌唱家科恩的话："悲观主义者站在那里担心下雨，我却早就淋得全身湿透。"怡霖早就被悲伤的大雨"淋得全身湿透"了，而且一直未干。而令人仰视的是，她始终昂然挺立着。

天性善良和后天滋养，让怡霖有着超于常人的胸襟。但她的灵魂并不是温吞吞的，她有刚烈、顽强和不屈。不然，她不会历经万难还能活到今天，还会活出这等风范。多少篇文章几乎异口同声说怡霖的文字是暖色调，而几乎又同时忽略了她文字里透着的冷色调，至少她分量最重的那部分散文是冷色调。这多少让人觉得怡霖只会写柔情似水的闲适文字，只会莫名地发点儿小小的浅浅的哀怨。其实，她不是只能写白色炊烟的村姑，也不是城里只能跟随街道流行色行走的写手。很多评论家忽略了她文字的机智和锋利。她的高明在于常把尖利、深刻的含义蕴藏在平静的叙述中，而这种叙述常常有一种不可测量的内在深度。我在她的文字中还发现，她有时用整段或干脆用整篇锐剑般的文字拨动人的灵魂和神经。细心的读者一定会在她的文字中看到她始终关注人、关注人性和人的灵魂，看到她娇弱的身体负载着救赎人性、人的灵魂的重荷。

世俗的眼睛，只顾专注于人的肉体，而忽略从它里面缥缈出来的灵魂和生长出来的精神。为了肉体的享受，人们常常忘记关注怎样让美好的灵魂之烟袅袅升起，让美好的灵魂之焰充分燃烧，以照亮人性的天空。当下，很多人为了肉体，日夜追求金钱、名誉、地位，为此喷出的一股股恶毒之液，不停地泼向那些美好的灵魂和精神之苗，发出噬噬的啃啮声，吞咽着美好的精神之魂。看到这一切，善良的、心有六月暖阳的怡霖，心中不禁飘起漫天大雪。虽然她知道，人类的历史总是美丽和丑恶并行，但还是无法不被眼下的恶德、恶行所恼怒。且看《苍穹之王》《灵猴望族》等动物散文，她哪里是在写动物，分明是在写人，是借动物之行来展示人的灵魂。人在许多方面与动物毫无二致，就恶劣而言，个别人甚至比动物更卑贱、更无耻、更下流、更凶残，更会投机，更会使坏。她在几部散文集中，不时流露出对龌龊之人的憎厌，对罪恶之人的愤怒，对无赖之人的鄙视，对麻木之人的叹息。一张张畸形的脸，都被她写进句子里。她一直保持本真，保持固有的锋芒，不能不令人刮目相看，愈加敬重。

怡霖对人总是善心一片，她相信谎言就如相信真理一样虔敬，不打一丝折扣。不是她愚笨，而是她至诚至情。对一件事，她宁愿信其真，而不愿想其假；同样对一个人，她宁愿信其十分好，而不愿猜其一分坏。可是有些人满世界跑，专门肆无忌惮地欺负好人。她被人欺凌，被人蒙骗，受尽磨难。有一回，她气极地说："我真想变成狼去咬披着羊皮的狼。"然而，她本来就是善良纯洁柔顺的羊，怎么能变成吃人的狼呢？人，活着纵有万难，她依然故我。

一直以来，她稚弱的肩膀挑着生存的重担，在悬崖上艰难顽强地走着。苦难像夏天的暴雨、冬天的大雪一样不断地降临到她的头上，让她不得摆脱。好在天堂就在她的心中。苦难，没有使她滑入万丈深渊，反而使她一步步走上了精神的高地。一路鲜花走过来的人无法懂得，正是磨难为她的诗文增添了强硬的翅膀。命运之魔给她制造的罪恶，让她敲开了另一扇门，让她的全部智慧迸发出来，让她的生命生出奇异的光彩。她散文中的天堂之语，给人阳光和乳汁般的语言，全部来自艰难生活的深泉中。

后现代的今天光怪陆离，异彩纷呈。人们大脑绷紧的常是物质之弦，为了钱财，为了富足，很多人活力四射，纯净、浩渺博大的精神天空显得迷茫昏暗。个别人甚至被精神和思想的列车甩了下来，成了无家可归者。当下的文学也出现堕落的迹象，极个别作家滑向庸俗浮华。而这个时候，怡霖像清风一样活着，她从纷繁富丽的物质世界逃离，来到最深邃、最浩渺、最静雅、最活跃、最近又最无间的文字世界，构筑属于自己心灵的唯一寺院。她在她自制的抽去世俗空气的真空里，日夜不停地拖着疲惫不堪的身躯写作。这让作为同道者的我倍感欣慰。她的文学空间以惊人的速度向四周延伸。但她知道，要真正走进文学的最高殿堂，就必须让自己的创作和灵魂真正涅槃，必须超常地一天天飞快地越过自己不断加高的横杆，必须始终保持真正的作家姿态，像鲁迅一样躲进小楼，像莫言一样扎根高密。

无论从年龄、阅历还是才气来看，怡霖都有继续高飞的足够理由。《圣歌》里有这样一句歌词："撞钟吧，趁你还能撞钟，别去想完美的祭品，每样东西都有裂缝，光就从裂缝中洒进。"我祝愿怡霖写出更多的作品，喷射出更多的光，在中国文学的雁阵中，随着文学的气流上升再上升，直至到那无垠的宇宙空间。

是为序。

（梁长峨：笔名柳郁。中国散文家协会常务副会长，安徽省宿州市文联秘书长、作协主席，《华夏散文》杂志副主编，《春泥》杂志主编）

目录

第一辑

月语星愿

通往圣殿的路上

我抵达，我幸福

从厦门到北京，从一个放牛的孩子到鲁迅文学院高级研修班的一名学员，我走了整整四十年。2011年3月1日20时35分，这个时间刻度清晰地嵌在了我生命的支柱上。这一刻我终于抵达了这里，抵达了梦寐以求的文学圣殿。在出租车上，司机笑着问我来京城干吗，我脱口而出："读书。"对方很诧异，眼里满是疑惑：这么大岁数了还读书？"读书。"我肯定而坚定地回答了他的疑惑。有个朋友得知我来了鲁迅文学院，笑谑说："放牛娃进了文学圣殿了。"看似不经意的一句玩笑话，却触动了我内心某根敏感的神经，我的鼻子有些发酸，泪水在眼眶里打转。也许只有我才能理解其中丰富的涵义，既有辛酸、欣慰，也有对我的祝福，更有对我的勉励。

我曾经就是一个放牛的孩子。六岁那年，为了替母亲减轻负担，我从她的手中接过一把钥匙，锁着的一间屋子里关着一头黄牛。我接过钥匙的时候也接过了生活的重担，之后的许多年，我为了每日一个工分的报酬，起早摸黑地同一头黄牛为伴。别的孩子可以从从容容打扮，高高兴兴上学，我却与母亲一同起床，母亲赶在生产队出工前去自留地浇水铲草施肥，而我则左臂挎一个竹篮，右手牵一头黄牛，一边看着牛吃草一边拔猪草、兔草。将牛关进圈后，我来不及吃东西，背个亲戚家送的旧书包，从锅里取一块头天晚上煮熟的地瓜，一边咀嚼一边慌忙向学校奔跑。因为裤腿沾满了泥巴与露水，到学校门口那条小溪前，我不得不借了人家正在洗衣服的人的刷子将裤管刷干净才敢走进教室。那时我的愿望很简单：我何时不用放牛了？之后我还有过很多的愿望：当我推着三轮车辗转大街小巷躲避城管时，一间店面成了我最迫切的愿望；当我坐在干净明亮的店铺里看着行人归家的脚步时，我渴望在城市里拥有一处真正属于自己的住所。

我就这么渴望着。生活的苦难教会了我很多，也给予了我很多。在过往的岁月里，书始终是我不离不弃的伴侣。无论我走在哪里，麦地或者茶山，桑园或者田野，我不会忘记带上一本书，在劳作休憩时，对着大自然放声朗读，这些构成了我美好的记忆。十六岁那年，辍学进县城打工，我没舍得吃烧饼，宁肯饿着肚子，用可怜的工资为自己买了一本《唐诗宋词》。那一夜，我沉浸在李白、杜甫的墨香里，久久不能入眠。后来这本书不知被我翻弄了多少次，封面破了，纸页残了，可到现在我都一直珍藏着它。它成了我生活的见证，也成了我生命的见证。如今细想，如果不是当初对书的热爱，也许我今天仍在小房子里日夜忙碌呢。人生即是如此，当一扇门对你无情关闭时，只要你虔诚，坚持，就会有另一扇门向你打开。命运虽然将我带到一个面朝黄土背朝天的家庭，每天放牛、割草、砍柴……重复繁重的农活儿成了我童年时代的主题，但生活的苦难于我已是一笔宝贵的财富。数年之后，当我的生活渐渐安定时，我毅然注销了自己的公司，开始拾回儿时的梦想。我开始在纸页上描画自己新的生活。我对文字倾注了满腔的热情，让它们表达我对苦难的反思、对美好的追忆。很快我的文字频频出现在全国各地的报刊上，散文集《岁月追风人》出版了，第二本《月上柳梢头》受到不少读者的喜爱，我为之欣慰不已。

现在，我终于抵达了鲁迅文学院这个神圣的文学殿堂。我进入鲁迅文学院时正值早春，春的气息在一天天充盈这个孕育着无限生机的院落，阳光和煦，柔柔的东风，吹化了冰雪，吹绿了青草，吹长了柳梢。花儿在恣意地绽放，洁白的玉兰，金黄的迎春，还有海棠、梨花、紫薇、芍药，竞相开花了。鱼在湖里游着，展示着鲜活的生命。背阴处有未及融化的残雪，风偶尔有些料峭，可白玉兰的枝头已有花蕾含苞欲放了。天蔚蓝，这是南方看不见的无垠与空旷。这是我窗外的景色。坐在这间十余平方米的房子里，我是安静的，冲一杯碧绿温馨的香茗，我用细长的莲花指将茶杯端起，先闻后啜，力求让自己更优雅一点儿、高雅一点儿。一张简单平敞的书桌，置于任何地方，都是我痴迷的梦想。在遥远的过去，书桌是我敬慕的神，我无缘靠近。而现在，我就坐在它的身边，对着它翻开书本，或在纸页上倾诉我的情思。无论我静寂如水，或者心潮澎湃，书桌始终不离不弃，无怨无悔。因为有了书桌，我不再孤单，也不再寂寞。我触摸到的不仅是它的身体，还有它的灵魂。我甚至幻想来生化为鲁迅文学院的一桌一椅、一砖一瓦、一草一木……

我沉浸，我感动

北京，十多年前我曾在这里逗留了一段日子，之后便离开了。北京是我梦断之所，有段时间我拒绝同它接近。而现在，它成了我眷恋的天堂，因为这里有鲁迅文学院，有慈父般宽厚的笑容，有兄长般严厉的督促，也有姐妹般亲切的呵护。我不再是一个贫苦的放牛娃、一个孤独的"北漂"。我回到了文字的怀抱，回到了文学的怀抱，文学接纳了我，拥抱了我。就像一个走失多年的孩子，我现在终于回来了——步履蹒跚，呼吸急促，眼里满是泪水。

这是属于我的圣殿。我可以在这里做梦，在漫步中思考，在阅读中遨游。我反思我的文字，反思我的创作，也反思我的生活。我所历经的苦难不止存活于我的记忆中，也存活于我精神的空间，而文学成了我内心的另一个自我。我努力挖掘自己内心的第二个自我，去认识塑造自己的世界。我独自审视自己的内心，安心、静心、耐心并且执着地养育另一个自我，用语言去建构另一个世界。为此，我可以忍受一切孤寂和落寞，抵御一切干扰和诱惑。写作对于我来说，既是痛苦的，也是快乐的。之所以感到痛苦，是因为当一个人要重新面对自己，解剖自己，并对自己的灵魂进行拷问时，尤其是当原本不愿被自己重新提起的事情被书写出来时，心灵是震颤的。由此及彼，我想到了其他事情，包括发生在自己身边的人和事，我知道了他们心中的幸福和快乐，也体会到他们内心的寂寞和痛苦，同时也知道了他们其实也想倾诉，只是表达不出来或不愿表达而已。我所做的就是，如讲述别人的故事一般讲述自己的故事，如讲述自己的故事一般讲述别人的故事。

　　当然，文学是人学，如果做人都没有做好，又何谈文学呢？文学还有什么价值呢？在人类世界里，生命的存在需要善良的本质。在有限的生命里，如果做不出轰轰烈烈的事情，也可以在举手投足间施以善行。你给予对方微笑，我相信对方一定也会报你以微笑。你若恶意相向，就莫怪对方报以歹心。我向往人性的光辉，也向往人性的温暖。感谢阳光，将世界普照；感谢雨露，将世界润泽。感谢所有在我生活中出现过的人，无论是偶然的过客，还是我的朋友、亲人、爱人，无论是于我有爱的，还是于我有恨的，因为有你们，我才不孤独。心向着美，世界就美。

　　过去我是个放牛的孩子，现在我是个放牧文字的孩子。在这圣殿之上，我的声音是稚嫩的，我的文字也是稚嫩的。但我是诚挚的，清澈的。我完全沉浸在这个世界之中，我为之欢笑，也为之哭泣。我是真实的，从不掩饰自己。窗外是个宽敞的院落，盛开过无数的花朵，也有我熟悉的桑树，紫红的桑葚。我曾爬到树间采摘桑葚。那枝繁叶茂的树丛中，立着许多老人的雕像。他们静立在那里，一言不发，注视着我这个顽皮的孩子。他们是我的祖父，是我的父亲。他们的名字是照亮我内心的太阳——鲁迅、巴金、茅盾、老舍、沈从文、冰心、朱自清、徐志摩……在我面前，他们个个如中华五岳般崇高伟大，个个是华夏文学的栋梁。他们和那些从《诗经》《楚辞》到唐诗、宋词、元曲直到明清小说的各个时代的耀眼明星一起，浩浩荡荡，如同奔涌的江河，用自己卓异的才华筑起瑰丽、宏伟的中华文学殿堂。现代文学巨匠鲁迅乃狂飙中的先锋和旗手，一个人抵御了无边的黑暗，他透视了中国几千年封建社会的一切，他的著作具有鲜活的生命力和巨大的现实意义，让我们感到他几乎所有的犀利都是针对当下的。巴金像峨眉山一样高耸的脊梁，撑碎了夜色茫茫的《家》；他用像成都平原一样广阔的心境，催生了光明与自由的《春》；他用长江一样不停涌流的血液，润泽出高举旗子的《秋》；他用心中的大火铸造出不朽的思想舍利《随想录》。我是他们共同的孩子，是他们共同的孙女。他们照耀着我，我就是冲着他们而来的。他们招呼着我，向我敞开了怀抱。我听见了他们内心的微笑。我是个多么幸运而又幸福的孩子。此时此刻，我在与他们的灵魂对话、交谈，同他们一起跳一场酣畅淋漓的灵魂之舞。

鲁迅文学院的日子让我更深切地认识到，文学是精神高原的事业，是伟大的鲁迅、莎士比亚的事业，是但丁和巴尔扎克的事业。因此，文学不能玩弄，不能阿谀权贵，不能奉迎权贵，要勇于坚守，坚守文学本有的精神。人格是要有海拔的，文学作品也是要有海拔的。人格和作品海拔越高，距离文学殿堂的大门就越近。鲁迅文学院，是我人生永恒的学堂与永生的向导。鲁迅文学院，是我文学生涯最高的待遇与无上的荣耀。我要永怀一颗朝圣的心，继续走在文学圣殿的路上。

满山相思

从没有见过一座山如此诗意，也从没有见过一种树如此痴情。一座山单纯为一种树而坚守，一种树单纯为一座山而繁荣。究竟是什么令一座山愿意为一种树而存在？又是什么令一种树拥有一座山？到底是山的刚毅吸引了多情的树，还是树的风情迷恋了刚毅的山？

你常年葱葱郁郁，四季不变，坚忍不拔。来自五湖四海的游客，无不为之叹服。远望那满山碧树，异株同干连理枝，如同恋人交颈拥抱，情意缠绵；近看树影倒映，似鸳鸯戏水，鸾凤穿花；此树名曰相思树。似一个身披霓裳羽衣的千年树妖，缠绕在东坪山的通体与悬崖；匍匐在东坪山的幽壑与心脉，铺天盖地成满山遍野的相思。不畏山土贫瘠，不畏风吹雨打，不畏酷暑严寒，旺盛与团结是你的性情。

那繁盛的枝叶，是你丝丝缕缕的秀发，你宛如一位婀娜多姿、亭亭玉立的少女；那健实的树冠，是你密密匝匝的豪眉，你宛如一位俊逸潇洒、风度翩翩的男子。你错落有致的枝杈交合在一起，就像一对热恋中的男女，从春到秋，从冬到夏，始终簇拥，不离不弃。

来来往往的人从你身边经过
一次次地离别又相聚
又有多少人许下承诺
能够如相思树这般坚守
千年万年你站成独立的风景
相思的样子让人垂怜

大海在你身旁
把道路让开
天空秀出自己的秘密
万般的情语化成等候
离去的身影让人愁肠百结
谁走近了你
谁就不愿意再回头

用什么来安置我的相思
我听见了那棵树内心的呢喃
岁月老了许多
但不老的是那颗心

相传战国时，宋康王舍人韩凭的妻子何氏美，康王夺之。韩凭自杀。何氏也投台而死，遗书愿合葬。康王怒，使里人分埋之，两冢相望。宿昔之间，有大梓木生于两冢之端，旬日而合抱，根枝交错。又有雌雄鸳鸯栖宿树上，晨夕不去，交颈悲鸣。这棵树后来就被人们称为相思树，表达了人们对爱情的赞美。

另有传说，河东的凤家公子与河西的姚家小姐自幼同窗共读，青梅竹马，两小无猜。后因凤家败落，凤公子虽学识渊博，能书善文，进京应试，却因无银两奉献考官而落第。凤公子遂忧郁成疾。凤公子抱病返乡，行至村口，不觉悲愤交加，口吐鲜血，惨死在路旁。姚小姐惊闻噩耗，带着丫环前来奔丧，见凤公子惨死之状，悲痛欲绝，即死于凤公子身旁，实现了"生为凤家人，死为凤家鬼"的夙愿。按照族规，未成婚的凤公子、姚小姐被分棺安葬于相思河两岸，坟旁各生长出一株枫杨树，渐渐地向河心上空倾斜，长成一体，便成了如今的相思树。

树本无言，为信仰而坚守，为情爱而鲜活；山本有情，默默地等待就是为了守候。树甘愿伫立在海岛中心，昼夜与山雀野兔为伴，与蝴蝶蜜蜂相依；树与风为伴，倾听海的心潮；树与水为伍，欣赏那碧波万顷。树吐雾含烟作意娇，疏影拂春潮。为谁栽此相思树，远近愁眉近似腰。

旭日东升，山雾弥漫。朝阳似一只神奇的巨手，霞光一寸一寸温柔地轻抚，晨露一颗一颗晶莹地闪烁。沉睡的相思在一声一声燕雀的啼唤下眯着杏眼，似醒非醒地梳洗那飘逸轻舞的秀发。枝叶是你的青丝，掉落的每一片，就是你的每缕情思；晨露是你的泪珠，掉落的每一滴，就是你的每寸柔情；她们深入爱的土壤，生长成无以计数的相思树，繁殖成千秋万代、万代千秋的一往情深。

残阳如血，百鸟归林，山林因为相思而生机浪漫。夜深人静，月明星稀，满山的相思在风中摇曳，发出动听的声响，像是谁吹响了一支巨大的竹箫，演奏一支深沉的乐曲。东坪山的四季让人浮想联翩，激情满怀。

丽日临空，碧空如洗，春是你的渴望，你的新枝舒展着细腰，仿佛挥动裙裾，召唤爱人翩翩起舞；骄阳似火，暑气蒸人，夏是你的热情，你的枝头栖息着知了，为你的缠绵吟唱；天高云淡，万里风轻，秋是你的付出，你从来不言回报，围绕你的只有蝴蝶蜜蜂；冬是你的坚守，你始终挺拔地郁郁葱葱，纵然山冈贫瘠，可你的情意肥沃。

云涌雨卷的情人湖心，烟波浩渺、湖光山色，碧绿的湖水泛起层层涟漪；情人湖畔，草木苍翠、山幽路辟，苍劲的树干激起叠叠的思绪。那交错层叠的枝叶婆娑起舞，你相思的倩影辉映在情人湖畔，你相思的呐喊回荡在怡情谷壑，你相思的足迹踏遍了山冈林莽，你相思的眼眸遗落在梅海岭山，你相思的花瓣飘舞在怪坡路埂。

谁能似你这般宁静平和地朴实奉献？谁能似你这般丰润淳厚地芬芳温柔？谁能似你这般剖心掏肺地长相厮守？谁能似你这般顽强坚韧地勇往直前？谁能似你这般一如既往地蓬勃绽放？你没有艳丽娇媚的花朵，你没有美妙的身姿，你没有迷醉心魂的妙香。

山与树肝胆相照，相互照顾；山与树生死相依，彼此怜惜；山峰兢兢业业地不退不缩，树根勤勤恳恳地深入更底处，树叶浩浩荡荡地昼夜飞舞。天空和大地见证了一座山相恋一种树、一种树依恋一座山的轰轰烈烈的爱情。

还记得北宋晏几道的《长相思》："长相思，长相思。若问相思甚了期，除非相见时。长相思，长相思。欲把相思说似谁，浅情人不知。"待到繁华落尽，年华凋朽，绽放、枯萎、绽放，年轮悄然刻在树枝，生命的脉络历历可见。人声消匿，旷野荒漠，可是你依然独驻东坪，望破星月映湖、片叶成冢、雨露干枯，痴守成蘸血盈泪风情万种的魂魄。你用纯洁的爱恋，温暖的心怀，一任俗庸的流言，一任尘世的践踏，一任凡夫的横指。而满山相思，则如战场上的勇士，刚毅、坚强地驻守在鹭岛腹肺，驻守成一道千载永不更变的唯美圣境。

星之绪

　　我喜欢凝望星空，因为我一直视其为亲密的伴儿。都市和乡村赏星星，清晰度不一样，心情也不一样。都市霓灯闪烁、璀璨夺目，却看不见星光的纯正和皎洁。五颜六色的灯光交织，还有各种烟雾轻浮、升腾、笼罩，到处红尘滚滚的气息，烟尘俗氛，观星的兴致便败尽了。

　　星星之于小时候的我，有种说不尽的诱惑。乡村的夜空，蓝得明纯、清冽、幽深。星空并不透明，但高远，以至无限，有一种不可言说的清寂、空旷、神秘和古意。星星是我生命的寄托，让我度过了那艰难生活时的一个又一个漫漫长夜。我看星星时最爱数星星，可每次都是越数越多，好像星星知道我在数她们，便故意冒出来。每次数到几十颗，最多一百颗，就数不下去了，数着数着就迷迷糊糊地进入了梦乡。

　　坐在小溪畔，遥看满天让人眼花缭乱的繁星，无垠的天空深不可测，任何地方哪怕一个小角落都永恒地藏着人类永不可知的神秘。星光洒落在溪水中，轻风吹动，倒映的星光闪烁，旁边婀娜多姿的树叶缝隙中洒下碎银一般的光，柔美得让人心醉。

　　流星划过，夜空梦幻一样沉默，显出巨大的孤寂、宁静、空洞，天空默默地闪着幽暗幽暗的蓝，极似幽深暗蓝的水晶。清澈的银河，静静地、缓缓地流淌。密集的星星，如无数的珍珠挂满天空，让人迷惘、晕眩。长长的银河，无数星星灿烂得荡人魂魄，好似在大聚会，跳着优美的舞，唱着动人的歌。那时会傻想，能借到云梯多好，哪一颗星星会带我飞到上空探寻苍穹的秘密呢？或摘下一颗星星，放在掌心，紧紧握着，让星星温暖我，照亮我的前程。梦中的我，沿着树梢飞上宇宙空间，漫步天庭，如同在海边踟蹰，捡

拾星星就如捡拾贝壳。

夏日的夜晚，富有诗意，星星挂上天幕。月亮在的时候，众星捧月，围着月亮闪烁着，像故意地簇拥，又像在开心地欢笑。月亮不在的时候，小星星就齐聚在大星星的周围，结为一个团结的整体，一齐放光，似大暴雨轰击大地一般，一股脑儿泼下来。光芒掠过天空闪射，似乎能听到她们穿越空气的摩擦声。星光给疏疏的、薄薄的云朵镀上耀眼的淡黄的金边，给飘荡的清露，以纤毫毕现的透视，也给孤独行走的人儿引路的光亮，让孤独的夜行人，在星光的相伴下，得到慰藉，减少落寞，安静前行。

有一段时间，我特别喜欢看银河两岸的牛郎织女星。常常和伙伴们讲起牛郎织女的故事，还会背《迢迢牵牛星》："迢迢牵牛星，皎皎河汉女。纤纤擢素手，札札弄机杼。终日不成章，泣涕零如雨。河汉清且浅，相去复几许。盈盈一水间，脉脉不得语。"牛郎织女的爱情诗章之所以能在世间千古流传，应是因为极少人能为一个不结果实的爱而长久、默默、苦苦地等待、坚守。

星星成了我生命的指南，像灵魂一样入驻在我的心中。记得那个夜晚，阴森恐怖，我独自出去找寻晚归的母亲，不由自主地走入郁郁沉沉的树林。繁茂浓密的森林，像夜的幕布一样严严实实地垂了下来，我的心中充满了悲伤和恐惧。风从远山深处生起，掀起阵阵林涛，发出阵阵呜咽，有一种生之壮阔与悲凉。透过林隙看到星星洒下无数银色的碎光，闪烁柔柔的光辉，使我认清了方向。她们伴随我走过生命的一程又一程，翻过生活中一个又一个坎。欢乐时，请她们和我一起分享；痛苦时，请她们和我分担。哪怕背井离乡，走南闯北，日子再难，劳动再累，我都不忘凝视她们。想到她们的存在，看到她们的闪烁，我就不由自主地兴奋起来，感到充实、豪迈，生活有了依托。这缕辉光，早已填满我的心胸，注入了我的血脉，化成为我生命里的精魂。

"一轮牙月泛清辉，升也从容，落也从容。无边繁星度经纬，北也追随，南也追随。"每当夜幕降临，我伫窗北望，北也相随，南也相随。凝视星星，已然成为我的习惯，成为我生命中的一部分。两心相知，守望一生，也许孤独寂寞，然而充实而甜蜜。正如吴涤清的歌里所唱的那样：爱的路千万里，我们要走过去，别彷徨别犹豫，我和你在一起。高山藏在云雾里，也要勇敢地爬过去。大海上暴风雨，只要不灰心不失意。有困难我们彼此要鼓励，有快乐要珍惜。使人生变得分外美丽，爱的路上只有我和你。

我多么想真正地触摸、拥抱着她，把她们牢牢握在我的手中，然而奈何上天无云梯。她们闪烁，我遥望，在默默的、静静的、无人知晓的深夜，洒下我满地的相思。我想，她们一如我的爱人，占有我一辈子的目光。纵使我老去，可是星星长亮不衰，如同我心中珍藏的爱人的面容，岁月带不走他的坚毅与刚强，岁月带不走他的青春与温柔。这份专注，这份热情，燃烧了我的生命，我甘愿在星星的照耀下消亡。

钻石久园

万里祥云伴我飞，扬眉卷袖扫尘埃。栉风沐雨千秋事，悦性怡情谁与来。

她是一片精神的绿地，心灵的憩园。

她能让劳碌奔波、风尘满面、心田干涸的人心旷神怡，宠辱皆忘，尽释人生的倦意与烦恼。徜徉于依依垂柳丛中，仿佛回到了久别重逢的故园，骤然间绚丽与惬意。

她便是太湖之畔的久园。

久园以神姿仙态面世，其潇洒自然、素然宁静，呈现出一派清丽典雅之美，令人心驰神往。她的外观建筑和内部布局有着贵族气派，却无王者的威严霸气。她像一位天生丽质无需修饰的江南美女，又似一位丰姿绰约风情万种的少妇。她的一切都在有意与无意之间，清韵自出，宛若天成。

久园的景物，有的纤巧有的伟岸，有的空灵有的凝重，有的活泼有的肃穆，有的变幻有的守恒，有的透着女性的秀美，有的蕴含着男性的阳刚。它集众美于一体，犹如一颗颗硕大的钻石，每个棱面都闪烁着缤纷。这种高贵典雅的折光来自于她内部井然有序的层积与外部强劲有力的错合。整个花园吸取了中国古代和现代江南建筑群体的精华，开合有度，错落有致，是一个有机的美妙整体。她打破了司空见惯的多层楼、多幢楼那种一抹平、一刀切、排排座的行列式与千篇一律的格局。

此时，也只有此时，人们才能真正领会，为什么人们常说好的建筑是立体的诗，是多维的画，是凝固的音乐，是石头的交响曲。

春天，这儿是花的世界。一场春雨把太阳洗濯得光亮光亮的。

花儿因季节的一声令下，红着脸儿簇拥在枝头。有白的、红的、黄的、蓝的、紫的，竞相开放。迎春花火红，玫瑰花艳丽，月季花娇媚。槐树上那串串洁白的花朵，像银色风铃随风摇曳，飘散着淡淡甜香。它们与绿色融汇，自自在在，逍遥舒展，颇有"乱花渐欲迷人眼"之感。穿行其间，花开花落，久园让人心旷神怡！

春风拂面，绿意醉心。树林茂密，鸟儿群集，芳草如茵。树与树携手交欢，夹峙小路、河旁，环抱别墅、楼房。在那一片一片绒绒的草坪上，汇集了放风筝的欢乐人群，大家一同喝彩，看风筝飞舞。蜻蜓的文静端庄，金龙的忽忽生响，老鹰的腾挪躲闪，蝴蝶的花枝招展，鸽子的轻快敏捷……人们的阵阵喧笑，又给久园增添几多妩媚！

夏天，久园清澈的小河，深绿的草坪，浓浓的树荫，弯弯曲曲的小道，实在是消暑的好去处。早晨，太阳映照下的花儿们，散发出带露的芳香，草坪、小河、树林，向人们闪着妩媚的光影。此时，倘若站在高楼俯视静静的河、红红的花、绿绿的草，一定会不由自主地诵出李白赞庐山的诗句："翠影红霞映朝日"。久园幢幢琼楼玉宇，在草坪、树林、小河和花儿的映衬下，在静谧清新的早晨，是诗也是画。

红日将颓，碧水匆匆，一河流火，又会让人记起白居"一道残阳铺水中，半江瑟瑟半江红"的诗句。此刻，岸上的人们放声歌唱，花儿装点河畔、林间、道旁、草坪，这里的回廊亭台、阆苑瑶池，又是怎样的美不胜收！此时，或席地卧侃，或倚树神吹，或盘腿而坐，或诵诗品茶，又是何等的乐不可支！

夜色来临，星光铺地，鸟儿栖枝，蛙鼓阵阵，鸣虫唧唧。久园充满了温馨祥和，它像一曲清新悠扬的歌儿，时时在人们心间吟唱。夜色如水，满地温柔。寂静中传来声声瑶琴，灯火明暗仿佛爱人的眼睛。秋天的久园更加风韵绰绰，各种人工精雕细琢的花卉组成各类图案，恰如一幅幅画绣在葱茏草坪上。似昂首巨龙的蜿蜒匍匐，黄色紫色的秋菊组成它的鳞片，看上去斗志非凡，有展翅开屏的孔雀，在微拂的清风中抖开闪亮的"羽毛"。还有硕大的花篮组图，篮内五彩纷呈。沿着小河一路走去，盆景世界琳琅满目，有文静的文竹，虬劲的苍松，还有小桥枯藤、人间仙境……盆景世界，动静结合，相得益彰。

金秋的天高地爽，染醉了心窝。天是湛蓝湛蓝的，无一丝云翳，日头明晃晃、清澈澈地照在波光粼粼的河面上。那河旁，那树林，既让人呼吸了新鲜的空气，又使人的心襟陡然开阔。

如果说春天是珠圆玉润的小诗，夏日是管弦噪切的歌剧，而秋天则是一篇优美的神话。久园的一切美都在人前尽量炫耀了。树上缀满了明月似的小果。走进果林，听成熟了的果子唱歌。秋风一来，树上的果儿跌落，发出碎细的耳语，闻一闻馨香如酒，醉落一地。

淡淡的云影天光里，久园享受着别样的四季。不在乎天长地久，只在乎曾经拥有。

琼阁仙山气势雄，流丹醉梦杳然中。

瑶台银阙玖园好，造极登峰第一宫。

一溪云，一弦琴，一弯月，一壶酒。恬静、安适、清新、雅致，皆为繁喧吵杂的时人之梦想追求！

星语心愿

星移斗转，岁月荏苒，青春早已离我而去，它之于我已成无望的奢想、虚幻的风景了。想想岁月流逝这般迅速而无情，心常因不能承受而怵惕。

人生之路，迎来送往。多少人衣衫褴褛地出去，鲜衣怒马地回来。又有多少人风风火火地出门，却颠颠撞撞地返回。在我十六岁那年，怀揣着母亲编织的平安袋离开家乡。平安袋以茶、米、土三样组成，由母亲选了带有红色的碎布包好，然后一针一线地精心缝制起来。一床七斤重的棉被用母亲自己织就的麻线带子像粽子一样捆好，让我背上，挤上人满为患、杂臭熏天的长途汽车。上车后，我趴在窗口，向路旁的母亲道别，一直到尘土飞扬而去，我看见母亲仍然翘首遥望，用衣袖不停地擦拭双眼。而我再也忍不住，热泪夺眶而出。

光阴蹉跎，眨眼半百。回首看看自己走过的平平常常的脚印，看看自己写的那些轻如鸿毛、没经岁月风化就朽灭的东西，想到将来有一天，自己撒手西去，而给这个世界留下的竟是白纸一张，自己走过的路竟被时间的风沙掩埋得不留一丁点儿痕迹，真是感到凄然、怆然、茫然，我感觉自己枉来世上走了一遭。

"天将降大任于是人也，必先苦其心志，劳其筋骨，饿其体肤，空乏其身，行拂乱其所为。"舜从田野耕作之中被起用，傅说从筑墙的劳作之中被起用，胶鬲从贩鱼卖盐中被起用，管夷吾被从狱官手里救出来并受到任用，孙叔敖从海滨隐居的地方被起用，百里奚被从奴隶市场里赎买回来并被起用。

欧洲文艺复兴时期伟大的戏剧家莎士比亚，早在二十六岁就写出历史剧杰作《亨利六世》；十九世纪上半期，英国与拜伦齐名的伟大的浪漫主义诗人雪莱，二十一岁就写出第一部著名的长诗《麦布女王》；整个欧洲十九世纪现实主义戏剧的一面旗帜，代表挪威批判现实主义文学高峰的伟大戏剧家易卜生，二十一岁就写出成名剧《凯替来恩》；俄国现实主义文学的奠基人、伟大诗人普希金，十八岁就写出产生巨大影响的重要诗篇《自由颂》；法国十九世纪后半叶最优秀的批判现实主义作家莫泊桑，三十岁以短篇小说《羊脂球》轰动法国文坛，成为一颗令人瞩目的新星；中国现代著名作家巴金二十四岁就写出长篇小说《灭亡》；老舍二十五岁就写出长篇讽刺小说《老张的哲学》《二马》等等，比起这些青春少年就倜傥风流、智冠天下的大作家，在生命之旅中平淡无奇的我还有什么可说呢？只有汗颜，只有羞愧，无地自容。自己有时也想以自我解嘲来平静一下不平衡的心绪，但总是不能掩饰内心深处的不甘！特别是夜深人静，听着钟表不停地走动的声音，就好似听到时间的蚕在一点一点吞食自己生命叶儿的声响。此时此刻，回忆自己的平庸，想着自己的生命花季已过，更是万感涌心，极端惆怅。可这又有什么法子，世间没有任何人可以挽回时间，只好自己将这人生的苦酒默默地喝下去，藏在心底。

每当见到充满活力的花季少年，总有说不出的羡慕，油然而生无限感慨：青春时的年龄，青春期的精力，是人生最大最好的资源。古今中外许多大成者，就是充分挖掘和利用这个资源，而创造出惊天动地的伟业，成为世人仰慕的楷模。我想，如果时间能够倒流，让我再重新过一趟青年时代，我一定会百倍珍惜每分每秒的时光，多读书，勤思考，求真知。不管人们怎样现代后现代，新潮后新潮，不管人们生出什么花样翻新的活法，我一定坚持本心，追逐心中燃烧的梦想。有人在游戏里废寝忘食地沉迷陶醉，我则愿在简陋斗室里挑灯苦读。有人在酒吧里推杯换盏狂歌豪饮，我则愿在知识的海洋里遨游，在科学的山崖上攀登，啜饮知识的琼浆，品尝智慧的甘露。有人在浮躁、在轻佻、在狂乱、在钻营，在对自己毫不负责、任意挥洒朝阳般的时间和精力时，我则愿躲在一旁，默默地、小心地、认真地、高效地剪裁和使用着我青春期所能够发生的巨大裂变中的每一寸美妙时光。

时间会吃掉稀世之珍、天生丽质，什么都逃不过它横扫的镰刀。曾经自

傲无度地对待自己的青春与活力，以为自己的储能与活力是取之不竭用之不尽的。须知人的生命是短暂的，人的青春更加短暂，根本经不起时间镰刀的收割。我们应该在生命的春天里，骑上时代的骏马，去飞跨那一程又一程的高天阔海，向着一切未有、将有、应有的美好境界，顽强地开掘与接近。血气方刚而不为，更待何日何时！

笑我，轻我，负我，欺我，践我，本来无我；让他，容他，忍他，看他，随他，何必理他。感谢生活赠予的所有磨难，哭着成长，笑着变老。感谢命运给我关闭的门，方有机会启开一道窗而看见星光月亮。走走，看看，停停，想想，天下最美的景，不是华山、黄山、峨眉山，也不是天池、滇池、五彩池，而是心灵空间里的坦荡舒畅的自留地。感谢这片安宁的土地，让我怀想，予我畅想，给我梦想。我将永生孜孜不倦地追求，追求自己魂的安放、心的纯净、灵魂的飞舞。

"羡子年少正得路，有如扶桑初日升。"青年就像航行在一江春水里的小舟，满负重载，迎风扬帆，奋力向前，让青春之树滴绿流翠，繁花似锦。自信偕同青春结伴，走向更加充实更加灿烂的未来。

一生清醒也好，糊涂也罢，终究活不过一株树，一棵草，一滴露，一盈月，一朵花，一潮汐。做一回真真实实的本我，交一个干干净净的朋友，看一场花花绿绿的世界，走一段健健康康的旅程，唯吾之愿也，吾之唯愿也！

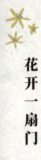

史诗般的爱情明镜

——王蒙中篇小说《生死恋》读后感

"我欲与君相知，长命无绝衰。山无陵，江水为竭。冬雷震震，夏雨雪。天地合，乃敢与君绝。"此为汉代乐府诗《上邪》，相传为毛苹所作。毛苹为秦汉时期长沙王吴芮的妃子，史上著名才女之一。从《上邪》的极致忠贞誓言，到曹雪芹所著古典名著《红楼梦》中贾、林的凄美之恋，爱情作为文学主题，自始至终是文学作品中永不消磁的磁铁石、撼人心魄的"电闪雷鸣"，常演常新，激荡人心。

近十年，承王蒙先生签名赠书多部，《生死恋》是我携手身旁的最爱，是我艰难谋生的人生读本。辗转千山万水之中，每回开车累了，我常停车于服务区，翻读这本书养神充电，每每多有收益。这部小说集以《生死恋》为书名，收集有《生死恋》《邮事》《地中海幻想曲》《美丽的帽子》等多篇。

《邮事》为非虚构小说，讲述作者几十年来因为领取稿费而与邮政、邮储打交道的经历和感受，朴实真切。《地中海幻想曲》与姊妹篇《美丽的帽子》，讲述小说女主角隋意如是众人眼中的"人生赢家"，有着显赫的家世、学历、荣誉、身份等，却在谈婚论嫁的问题上屡屡触礁，小说以意识流写法，讲述了隋意如登上地中海幻想曲号邮轮后，在雅典的旅行经历和心理起伏，让读者明白，世道是无常的，常常会让人唏嘘不已。

最能体现王蒙先生中篇小说集艺术智慧的是这本书中的中篇小说《生死恋》。《生死恋》也是小说集的"压台戏"，且是先生84岁高龄时的作品，凝聚着他一生的智慧和心血。

先生作为中国当代文学中独树一帜的宿将，他的小说始终反映着历史沧桑、社会变迁，饱含着浓浓的家国情怀。而这篇《生死恋》中，先生站在人性的高度书写爱情，把爱情故事写得波澜壮阔、惊心动魄，反映了浩瀚而广阔的时代变迁，融合了广博丰富的社会、文学识见，令人叹为观止。

王蒙先生这篇《生死恋》，体现出作者对爱情始终保持着饱满而恒定的兴趣。王蒙先生曾经说过这样的一段话："我只要一写小说，每一个细胞都在跳跃，每一根神经都在抖擞。日本有一种说法叫成长到死。那么小说也可以创作到老，书写到老，敲击到老，追求开拓到老。"正如这本书的序言所写："王蒙老矣，写起爱情来仍然出生入死；王老衰乎，写起恋爱来有自己的观察体贴。" 先生曾任团干部、作协副主席、中华人民共和国文化部长，访问过 60 多个国家和地区，获得境外两个名誉博士学位，作品被翻译成 20 多种文字，自执笔始至今，创作时间已逾 70 年，出版过近 50 卷的文集，2000多万字。从 1950 年代饱含革命激情的青春歌赋激荡文坛，到 1970 年代的异域风情与时代隐喻，再到 1980 年代的艺术探索与内省哲思，直至 1990 年代的"季节系列"，都在记录生活与心绪，记录着中国人民在前进道路上的丰富历程。在诗意与美感的书写中，见证生命与沧桑，在沧桑之后，又展现出崭新的活力。《生死恋》是王蒙式的生死恋，是王蒙式的精神之恋，是贯穿历史到现代的中国式爱情的修辞与咏叹，是借爱情来观照中国社会进程的史诗乐章。

《生死恋》将爱情这一文学的古老母题演绎得看似波澜不惊实则静水流深，看似稀松平常实则缠绵悱恻。这部"天的构思"之作，是一部有着时间纵深漫长及内部空间宏阔的小说。时间跨度从 1898 年戊戌变法开始，历经革命年代、建设时期、改革开放，纵向穿越了长达一个多世纪的时空隧道。空间跨度从北京的四合院，直到大洋彼岸的美国。小说以三进的大杂院为原点，讲述了苏家和顿家跌宕起伏的命运及其难分难解的恩怨情缘，既有逆向的对过往迷雾的追溯，又有契合时代潮流的扬帆追远。

小说虽是中篇，篇幅不长，却有着宏大叙事的品质，在这种背景之下，作为主人公的苏尔葆，从青葱少年到年逾知天命，他的理想和成长，他的爱情和婚姻，他的坚守和困惑，既带有普遍性，又有独特性。由此引发的道德与自由、迷失与觉醒、自我与超我以及灵魂上的拷问，是作者在经历，何尝又不是读者在经历，对自己心灵的拷问，其实也是对读者的拷问。这一切都没能逃脱作者如手术刀般锋利的剖析、追索，让我们对主人公经受的苦痛、煎熬、分裂、震荡感同身受，体验切肤刻骨，与之一同接受精神上的洗礼，并努力找寻爱情和生命的终极意义之所在。"东边日出西边雨，道是无情却有情。"

《生死恋》中，苏尔葆首先面对的是来自于单立红的爱情——苏尔葆从出生的那一刻就堕入了对自身身份无法指认的尴尬，名义上的父亲吕奉德不承认他这个儿子，而生身父亲自始至终没有浮出水面。这过早酿成了他矛盾、敏感、犹疑的性格。当吕苏的三口之家遭遇不幸之时，作为红小兵小队长的少女单立红向他伸来了友谊的橄榄枝，苏尔葆也没有错过这根救命稻草，而最终是她帮他撑起了一片遮风挡雨的天空，充当了他的救世主，成了他的幸运女神。由此发展，苏尔葆、单立红的婚姻看似必然，在苏尔葆这边却是被动的，更多是恩情重于爱情。这种婚姻的基石本身就不牢靠，这也为后来苏尔葆同丘月儿的恋情埋下了伏笔。苏尔葆、丘月儿的爱情，如果用世俗的眼光来看，是苏尔葆经受不住诱惑的出轨，若是从精神的立场来体察，则是对爱情自由的自我觉醒，是主动的，在小说中显然属于后者。但这种觉醒也是被动的，丘月儿对他的进攻并非一朝一夕，而是长达五年。丘月儿说："无论如何烧灼这么一次，不论付出多少代价……最后成了灰，也是幸福的。"小说中，苏尔葆果真成了灰，可他是幸福的吗？至此，丘月儿那些炙热的话语毫无疑问沦为了谎言，她只不过假借爱情之名来掩饰其对物欲的贪婪。她对爱情的理解更像是做买卖，当苏尔葆净身出户时，她的离开势所必然。

在同丘月儿的"烧灼"中，苏尔葆身陷撕裂的痛苦深渊，对传统道德的背叛与墨守，对爱情自由的追求与妥协，旧我新我的幽闭与破茧……始终有两股背道而驰的力量在拉扯、在厮杀，谁也无法让它们化干戈为玉帛。这种撕裂之痛并非主人公独有，置身现代社会中的我们，我们每一个人，都处在无路可逃的撕裂的进行式中，都处在进退维谷的困境中。撕裂的不单是爱情，还有亲情、友情、乡情……囊括了人类所具有的美好情愫。苏尔葆没有勇气也没有力量走出撕裂的重围，最终只能按下人生的咏叹键，只有陨落，只有自我毁灭。而苏尔葆之死，不仅仅是对爱情的绝望，当他离婚后，丘月儿却另嫁他人，他倒回到单立红身边也绝无可能，两个孩子对他的态度又同样冷淡，这时候的他已经走投无路、四面楚歌了，他更加渴望爱与被爱，从这个意义上说，苏尔葆是死于孤独，是对爱情的绝望，也是对爱的绝望。这也是现代人无法祛除的病灶：社会越来越繁荣，物质生活越来越丰富，可人与人之间却越来越隔膜，人的内心也越来越孤独。往苏尔葆的上一辈探究，他从没露面的生身父亲顿永顺，屡犯"作风问题"，却是拿得起放得下的一个人，顿永顺说："一个男人不能对好女人转过脸去。你可以犯杀头的错误，你也不能让她们失望，而且丢脸……"顿永顺患绝症而死时脸是柔软的，脸上带着笑容。小说中的另一个人物顿开茅，几乎是苏尔葆的对立面，更是顿永顺的对立面。顿开茅从他父亲顿永顺身上吸取着教训，"躲避着当真的情感，更不要身体与器官的丑陋"，而在他的妻子明光看来，也是"吞吞吐吐、迟迟疑疑"。在情感上，明光比单立红的杀伐决断更为果断，"人有好也有坏，人有施恩也有欠情，但是人应该坚决些"，或许明光才是清醒者。明光对顿开茅的审判，何尝不是针对苏尔葆呢？

"青青子衿，悠悠我心。纵我不往，子宁不嗣音？青青子佩，悠悠我思。纵我不往，子宁不来？挑兮达兮，在城阙兮。一日不见，如三月兮。"这是先秦《郑风·子衿》千古传唱的爱情诗，是《诗经》众多情爱诗歌作品中艺术境界较高的一篇，女性大胆表达爱情，对情人刻骨之思，在历代文学作品中少见，且朗朗上口，韵律和谐悦耳，"一日不见，如三月兮"朴实的恋情千古传诵。同样，《生死恋》从精神层面来抒写"出生入死"的爱情，既有惊心动魄的故事情节，又融合了波澜壮阔的时代变迁，既让我们体会了跨文体的纵横捭阖的文本力量，又让我们欣赏到丰富多彩、狂欢式的语言魅力。

第十届茅盾文学奖得主李洱曾用"晚骚"来概述王蒙的晚年创作，李洱认为：王蒙先生是中国的"贝多芬"。很多人在学习和模仿贝多芬，但却永远达不到，很多人也在学习和模仿王蒙先生，也是远远达不到，远远模仿不像，先生说："我不是非要写爱情，而是这些爱情让我写。"此中可见其敏锐的文学智慧。中南出版传媒集团股份有限公司首任董事长龚曙光说："任何一个文学家所写的东西，其实都是带有真实性的，这个真实性，如果不是故事本身的真实性，那就是情感经历的真实性。"

《生死恋》在某种意义上，初看是先生对爱情、生命与死亡的设问与解读，细读可知《生死恋》所承载的爱情，已远远超越了爱情本身，是透过生死之恋的哀婉而凄美之悲歌，爱恨情仇在小说中波澜壮阔，行云流水力透纸背；家长里短生老病死，寄托着对世间万象人生悖论深度的审美思考。而且，小说所体现出来的生命哲学、美学厚度以及当代年轻人对纯真爱情的迷惘，特别对当下社会物欲横流、人心不古的风气，对爱情观与人生观起到了很好的审美导向作用。我们从这篇小说中，既可以认识复杂深刻的人性，认清爱情的真实面目，还可以汲取更多为人处世的智慧和营养。

《小说选刊》转载《生死恋》时，在卷首语中有一段话，请允我摘录几句作本文的结尾："有论者认为王蒙先生作为共和国文学的一面镜子，就像托尔斯泰是俄国的一面镜子一样，此论出自十余年前，时过境迁，当王蒙同时代人慢慢淡出文坛，而王蒙新作不断，其'镜子'价值更是越发明亮。"

第二辑

圣洁精灵

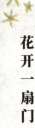

苍穹之王

　　浩浩大漠，有一座村庄，就像一望无际的大海中的荒岛那样孤立地存在着。大风从早到晚呼呼地刮个不停，流沙涌动，被吞噬的威胁时刻伴随着它。沙土在它的周围如雨向下飘落，然后又被狂风卷起，重新飞扬……

　　在这里，流传着一个鹰孩的传说。

　　很久以前，这里是土地肥沃、水草丰美的风水宝地，人们生活悠闲自得，美满和谐。附近有一座大山，山上有一只奇特矫健的雌鹰。有一天，风口破裂，出现了一个巨大可怕的黑洞，从此狂风卷起沙石尘土，吞噬了周围的一切。人们惨遭劫难，流离失所。在被沙石吞噬的废墟中，雌鹰发现了一个男婴，就将他叼进自己生活的大山中抚养。随着时间的流逝，男孩长成了壮实强健的少年，还生出强健的双翼。有一天，雌鹰告诉他："你属于人类，我们脚下这片被沙漠埋没的大地就是你的故乡，风口处有一个大洞，如果你能堵住，你的村民就会摆脱苦难而获救。"少年就朝那个风口飞去，并最终到达那里，用自己的翅膀堵住了巨大的黑洞，顿时风沙没有了，人们被解救了出来。

　　第一次听到这个故事，我热血沸腾，激动得难以成眠，总想像少年一样长出双翼，翱翔在蓝天下。幻想日复一日，一双如鹰般的翅膀终究没有长出来，但少年那大无畏的英雄形象时时浮现在我的眼前。我对鹰充满了无限的崇拜之情。我的脑海中经常浮现出这样的画面：天高云淡，关河冷落，雄鹰满怀豪情地在天空翱翔。

　　我发现被称为苍穹之王和空中霸主的鹰，精神风貌和健壮的体魄似乎同狮子相仿，与空中其他鸟类比，力气最大，有种独有的威势，如同狮子在走兽中所拥有的威势。狮子是大人有大量，绝不轻易同小动物计较。而鹰也很有气量，一般情况下不屑于和那些小鸟计较，除非那鹊呀、鸭呀吵闹得太过分，干扰太久，或者处于饿急状态，不然，鹰决不惩罚甚至处死它们。狮子很少从别的动物口中夺食，不仅如此，狮子还常常把自己捕来的食物留下一些给别的动物吃。而威震长空的鹰也是这样，鹰虽贵为空中皇帝，却不靠剥夺别人果实，靠万民上贡而坐享其成。鹰要享受，必靠自己的劳动，而且还总是不把自己捕来的猎物吃得一干二净。狮子作为兽中之王是划分领地的，为防止敌人来犯，必须日日巡视领地。而鹰也是有领地的，并且牢牢地把守着领地的入口，不准任何外来者入侵。正如在同一个地区很难发现两群狮子一样，在同一个山野，你很难看到两对鹰和谐相处。两对鹰总是相离较远，以便在各自的领空捕食生存。它们通常以自己生活的需求量来决定自己王国的面积。鹰的眼神和眼珠的颜色也和狮子极为相近。鹰的叫声骇人心魄，具有巨大的威慑震撼力量，加上它们十分强劲的翅膀和双腿，结实的骨骼，轩昂的姿态，看一眼都让人心里发慌、发颤，它们仿佛异域来的怪客，神奇而威猛得让人滋生无法言喻的敬畏。

由于鹰的身躯矫健，翅膀强劲，肌肉厚实，羽毛坚硬，所以飞行的速度极快、极高。古人称鹰为"天禽"，在鸟占术中，鹰被作为大神朱彼特的使者。鹰在云天飞翔，人眼看不见它们的影子了，其实它们还在向高处飞。它们起飞时最壮美，矫健的身躯，昂首的样子，绝对是全副武装的将军风范。它们那两个强劲有力的翅膀突然展开，能听到其羽毛鼓动的声音。它们可以达到两米多长的翅膀扇动着起飞，先在天空高高低低地盘旋，然后毫不留恋夏日泛滥的绿浪和鲜花，呼啸着向清澈的蓝天深处飞去，然后升高再升高，极像一架现代战斗机。这让我想起庄子的《逍遥游》中对大鹏的描述：大鹏的脊背如泰山宽厚，翅膀如垂在天空的云彩，扇动一下翅膀就飞了三千里，乘旋风而上能飞九万里高，能飞行六个月不休息。好厉害的大鹏，与不知晦朔的朝菌、不知春秋的蟪蛄，真不知伟大到哪里去了！我不知道想象力丰富的庄子描写的大鹏是不是从雄鹰身上得到最初的素材。如果说有鸟类能与庄子描述的大鹏相比，恐怕也只有鹰了。没有鹰的天空，是呆痴的、单一的、平面的，缺乏生命的灵动。

人们说到动物的时候，总是赞赏豹子的速度、鹰的眼睛。是的，鹰的眼睛不仅深邃威猛，而且锐利明亮，简直就是高倍数的望远镜。它们能在高空发现地上一条游动的蛇和一只奔跑的小老鼠。所以，鹰只凭眼力捕猎。人们发现鹰在高空起伏盘旋的时候，一定是它们发现并锁定了猎捕的目标。它们将会以迅雷不及掩耳之势俯冲下来，一招中的，迅即又向下啄，放在地上，好像在试试战利品的重量，然后才带走。它们能很轻易地带走鸡、鹅、鹤、野兔之类，但小山羊、小绵羊，它们就得先放在地上试试重量了。小鹿、小牛，鹰就带不动了，但它们也照样猎捕，得手后当场喝小鹿、小牛的血，然后再吃肉。吃饱喝足后，它们带点肉块回去喂小鹰，剩下的都无偿地奉送给地上走的、天上飞的其他"朋友"。

再伟大的将军，也有打败仗的时候。人们亲见苍穹之王鹰猎捕时遇到了强劲的对手，弄得空手而归。冰雪覆盖山野，有的动物冬眠，有的动物储存了足够自己享用的食物，不轻易出来觅食。鹰饿了，它们的孩子也饿了。茫茫天地，哪里有猎捕的目标？这天，鹰飞到一座楼房的上空，发现楼上有一只带雏的白母鸽。它盘旋几圈，然后向楼房顶压下来。它正要扑下去，骤然间"呼呼啦啦"，满天飞起密密麻麻的鸽子。人们从来没有见过这等场面，鸽子怎敢见到苍穹之王不飞走，反而群起而包围之？鹰是苍穹之王，岂会惧怕这些鸽子？只见它两翼平展，不停盘旋，两目凝视下方那只白鸽，距楼顶始终保持几十米的高度。就在鹰准备向白鸽俯冲时，猛然有上百只鸽子带着尖利的鸽哨声和"呼呼"的振翅声，从鹰的背脊上一掠而过，还下了许多白色粪雨。鹰大吃一惊，赶快猛抖翎毛，偏侧身体，倾斜双翼，向一旁躲闪。蓦然间，一大群又一大群鸽子，从另外的方向冲杀过来，它们一会儿一冲而过，一会儿向上冲起，都能听到呼呼啦啦异常激烈的振翅声。鹰连忙紧收肚腹，猛攥双爪，狠提身躯，直往上飘升，然后用足力气，向鸽群逼压过去。它向一群又一群鸽子"唰唰"地杀过来，又杀过去。而鸽群上、下、下、上、高、低、低、高地冲击、反冲击。虽然鸽群被鹰冲击得满天乱扑腾，空中的鸽群被鹰驱赶得成了转着圈子的大旋流，可是无论它怎么拼命左冲右突，上下翻飞，就是冲不散鸽子群。真是一员猛将难抵百万雄兵啊！

谁也想不到会出现这样的局面，竟然有几只"舍身求义"的鸽子，盘旋于高空，然后直线往下坠落，用身体轮番砸向鹰的颈、背或翅。这简直像是第二次世界大战时敢死队的翻版。这种进攻对鸽子而言是冒险，对鹰而言是凶险。冒险的是，进攻的鸽子，随时有可能被鹰歼灭；凶险的是，鸽子的进攻一旦成功，鹰的椎骨或翅膀就会立即脱臼，重者立即丧命，轻者终身残废。好在经过几个回合，互相只是咬掉一点点羽毛。砸而不中的鸽子们，大都直落下方，然后立即融入群体之中，飘然而去，而后又回过身来飞上高空同鸽群汇合，继续轮流向鹰发动进攻，或挑逗，或骚扰，让鹰无法集中精力捕捉其中一只鸽子。鹰不停地猛冲、突击，结果总是如同快刀斩水，刀劈水分，刀收水合，真是以刀砍水流复流啊！看样子，鹰有些力竭，行动也不如先前利落，好像哪里受伤了。这时它或许想，不要顾"苍穹之王"的尊严，还是走吧！只见它一声狂啸，迅即冲天而起，猛蹿高空，瞬间消失在茫茫的天际之中。这场鹰鸽之战，让所有在场的人都惊呆了。

鹰的寿命非常长。它们悠悠四十载，外加漫漫三十年，一生可达人类的古稀之年。鹰从来到这个世界直到四十岁，始终不停地翱翔、寻觅、搏击，它们的容颜明显现出了衰老。往日锐利的喙，已变得长长的，都到了胸前，不用说捕猎，就是站在那儿撕咬已经捕到的猎物都已困难；当年它们最厉害的搏击武器——爪，已不再锋利遒劲，因为其爪上已生出厚厚的角质；过去华丽的羽毛，也已变得层层密密，异常厚重，再也难敏捷地竞技蓝天。

在这生死抉择关头，就这样闭上双眼，在狂风吹、烈日晒中束手待毙吗？自己本应活七十年，现在才四十年，如能再获新生，还能继续奋斗三十年呢！鹰的性格不属于懦弱的一派。为了搏击长空，追逐太阳，它们毅然决然飞回山崖之巅的巢穴，勇敢而坚定地直面一次剧痛中的生命蜕变。它们紧闭双眼，甩起头，将喙用力砸向坚硬的山岩，霎时，鲜血四溅。就这样一次次、一天天，长长的笨拙的喙，全部断裂，落下峭壁。新生的喙经过一段时间后与鹰青春时的喙一样锋利。然后，鹰再用新生的喙，猛力地啄向爪上的厚厚趾片，将连着血肉的厚趾，一片一片撕扯下来，忍受着巨大的疼痛，终于一点一点地把曾经铁靴般束缚动作的角质，撕扯殆尽。为了重上蓝天，它们忍受着巨大的疼痛，用锋利的爪，拼命撕扯身上厚重的羽毛，一根一根全部拔光。这样的蜕变，前后整整熬过了一百五十天！经过这样的蜕变，鹰换取了新生命，一如既往地再度翱翔九霄，与万里蓝天为友，与变幻莫测的风云为伴，依然所向披靡，威猛无敌于霄汉，直到风烛残年。

"苍穹之王"连窝都有王者的气派。哪一座山峰傲睨乾坤，哪一座山峰耸入云霄，哪里就是鹰的家。有人观察过，鹰选择做巢的地方都是山崖最高耸、最险要、最巍峨、最峻拔处。

鹰通常把巢建在两个山岩之间，在干燥而极陡峭的地方。鹰做巢，是一个浩大的工程，建得差不多如楼板那样厚。它们先用一些长达两米的小棍子架起来，小棍子两头固定在两边山崖壁上，中间横插一些坚韧的树枝，然后再在上面铺上几层灯芯草、树枝之类。这样的窝有好几尺宽。也难怪，鹰展开双翅就两米多啊！而且这种巢非常牢固、耐久，完全禁得住鹰和它的妻儿。鹰窝上没有覆盖任何东西，只凭伸出的岩顶掩护着。

小鹰出世后，像个肉团团，眨着眼，长着一身毛茸茸的羽毛。雏鹰长得非常快，几天前还软塌塌瘫在窝里，站也站不起来的小东西，经过短短几天就变成目光炯炯、威风凛凛的小鹰。

长得快，吃得就多。小鹰总是向天空扬起脖子，把嘴张得大大的，叽儿叽儿地叫。鹰爸鹰妈轮番出去捕食，仿佛工厂的工人接班一样。每天天麻麻亮，它们就匆匆冲上天空，在黑蒙蒙的群山上空盘旋，睁着大眼睛，在山峦间、大地上寻觅，天黑了才恋恋不舍地收翅回巢。它们为了自己的孩子，不停地和兔子搏杀、和毒蛇拼命、和山鸡斗智……捕猎是很危险的事，莫说毒蛇，就是兔子也不好抓。它们会和鹰捉迷藏，往荒草荆棘里钻，弄不好鹰的脖子和翅膀就会因此被撞折或撕裂。即使按倒了兔子，这东西也不好对付，稍有不慎，那有力的四腿，都可能使鹰肠断肚破。这就是所谓的"兔子蹬鹰"

的绝招。

而留在巢中守护小鹰的鹰爸或鹰妈，总是监督雏鹰站在崖边练习拍翅膀。小鹰翅膀上刚长出几片硬翎儿，鹰爸鹰妈就不允许它们过分玩耍打闹，就必须天天练拍翅膀，一天、两天、十天、半月……天天练，吃饱了就练。倘有偷懒现象，老鹰就用铁凿子般的嘴、钢板般的翅膀拍打。一只鹰如果没有钢铁般的翅膀，没有锋利无比强硬无比的爪，怎么有资格当苍穹之王？自然界弱肉强食的，优者生存。

因此，老鹰对小鹰的成长要求是非常严格的。一阵冰凉的雨腥气刚刚吹上崖顶，蚕豆般的雨点就紧随着一声似乎能震裂大山的霹雳猛砸下来，炫目的闪电在低低的乌云中炸开，像巨大蟒蛇吐出的信子到处乱舔。小鹰吓得直往鹰妈鹰爸的翅膀下钻。但鹰爸鹰妈绝对不让已经渐渐长大的小鹰再娇惯，它们要让自己的孩子敢于迎接暴风雨。暴风雨都怕的鹰，配得上苍穹之王的称号吗？

小鹰渐渐长大了，羽毛丰满了，鹰爸鹰妈就带着小鹰飞。小鹰夹在爸妈的中间，好像被护航着，一会儿逆风飞，一会儿并拢翅膀直线下坠，一会儿又鼓动双翼直线上升。或者爸妈并排在前，小鹰并排在后，上升、下降、向左、向右，不停地翻飞。到一定的时候，鹰爸鹰妈把小鹰翅膀上的羽毛一根根咬断，让羽毛重新长起来，这样重新长出来的羽毛会比原来坚硬十倍。然后就把小鹰推出悬崖绝壁，让它们在峡谷飞翔，迎着狂风搏击，从此拒绝它们再回窝。经不起风浪，不能独立猎捕，就死去；反之，就生存下来，成了真正的苍穹之王。

王者就是王者，鹰的死都与众不同。它们活着总是靠自己的力量捕食，不让"子民"行贿上贡。它们死时，悄悄地离开窝巢，向远处飞去，飞去，在那天宇间，一次又一次冲击，直到耗尽全部精神和力量，然后突然收拢巨大的翅膀，如箭一样向下直射，扎进深潭。水深得连羽毛都无法浮起来的水域，就是苍穹之王最后和最好的归宿地。"质本洁来还洁去"，鹰的死法很壮烈，震撼人心。它们生不平凡，连死也拒绝平庸。

当然，鹰也有年纪轻轻就死去的。那是被枪打死的。丹麦作家彭托皮丹记述了这样一只鹰的故事：一个牧师收养了一只雏鹰，悉心照料。这只小鹰就像童话故事中的丑小鸭一样，在嘎嘎叫的鸭子、咯咯叫的母鸡和咩咩叫的绵羊中间长大。它的翅膀被修剪得很漂亮，平常的日子就在路面上摇摇晃晃地走动。它的天性渐渐丧失了，被囚禁的天空骄子已不觉得天空是它的天堂了，只是起风的日子或雷雨到来之前，显现出一点儿朦胧的渴望。有时它突然张开翅膀，勇猛地冲向天空，像要永远拥抱蓝天了。可是这种时间总是很短，它很快就回到了地上，然后像平常一样摇摇晃晃，漫步于院中的其他家禽之间。

小鹰渐渐长大了，终究天性还是没有全部丧失。忽一日，伴随一声快乐、野性的尖叫，它扶摇而上，向着苍穹越飞越高，飘然陶醉于广阔的天空和自己翅膀的力量。可是，过平常的日子太久了，面对浩渺的虚空，它害怕了。它觉得孤独，又感到筋疲力尽，翅膀沉重。它想搜寻可以歇息的地方，但是找不到任何一处庇护之所。

晚霞笼罩群峦，预示着暗夜的降临。这只鹰或许因害怕孤独，或许是因为恐惧，或许因经不起高天狂风的吹打和寒冷的侵袭，或许又因此想起温暖、舒适的家禽小院，竟然鼓动翅膀偷偷地回来了。它被那平庸而温暖的家禽小院所吸引，经过一夜的飞翔，第二天早上就飞回到牧师住宅的上空。盘旋一会儿，它正欲下落时，灭顶之灾来临了。一个雇工发现了它，拿出枪。一声枪响，"天空中飘荡着一些羽毛，死鹰就像石头一样笔直地落在了粪堆上"，这只鹰死了。

鹰们无法明白这只鹰因何而死。但听到这个故事的人们却无法平静：丧失自己，是要上演悲剧的；改伟大而变平庸，就等于死亡；不是同类，绝对不能相容；有飞翔的心，还要有坚持的精神，才会有飞翔的成功；与平庸为伍丢失的只有自己，死亡的也只有自己。

古人云：瓦罐不离井上破，将军难免阵中亡。再勇猛无敌的将军，也难免血染沙场，他们虽不能善终百年，可战场是他们乐而忘返的舞台。高尔基写过一篇苍鹰和黄颔蛇的故事：一只鹰在激战中不幸身负重伤，摔落在海边的峡谷。它意识到死亡的逼近，但回顾平生，却感到由衷的欣慰："我痛快地活过了！……我懂得幸福！……我也勇敢地战斗过！……我看见过天空……"临死前，鹰还在抖动翅膀，看峡谷和蓝天。而黄颌蛇无法理解濒临死境还那样酷爱天空的鹰。鹰对天空的热烈和对战斗生涯的憧憬，在黄颌蛇看来未免愚蠢可笑："无论飞也好，爬也好，结局只有一个：大家都要躺在地里，大家都要做尘土！"

黄颌蛇永远不知道，在地上爬的永远也飞不起来，故而它也不理解飞翔于云天的自由、富有和豪迈。黄颌蛇虽然能安享天年，但一生只配仰视鹰却做不出鹰的姿态，永远也不能拥有如鹰般荡气回肠、精彩壮丽的生命诗章。

鹰的血液中涌动着一种向上的奋进力量。它们以洞察世界的目光，俯瞰着迷茫、困惑、慵懒的芸芸众生；它们深深地为一切失去生活本能的灵魂和可怜的没落而悲哀；它们直射苍穹如一支支疾箭，从万米高空俯冲而下，一声长唳山鸣谷应，那气势，仿佛天地为之屏息，给人多少生命不息、奋斗不止的激励；它们始终以一种亘古不变的高度，保持着不屈的斗志，连在巍峨巨峰上稍息都保持着直冲云霄的姿势。

从这一切，我看到鹰不朽的精神，燃烧着的不死的激情、不屈的傲骨和生命的光芒。

灵猴望族

少年时喜读《西游记》，对孙悟空喜欢得不得了。孙悟空能上天入地，正派公道，疾恶如仇，敢闹天宫，凭自己的真本事，行走天下。孙悟空成了我的偶像。随着年龄的增长，了解猴事多了，我对猴子渐渐不喜欢了。猴子有什么呢？不过是聪明活泼，手脚灵巧，能握能抓，还能直立，脸部表情丰富，抓耳挠腮，挤眉弄眼，显得滑稽，还善于登高跳跃，做出高难度动作。但这些有什么用呢？只能在扮演小丑时用一用，给人们增加点儿笑料罢了。

陪孩子在厦门海沧野生动物园观看马戏团表演时有过这样一幕：驯兽员解开猴子脖子上的铁链子，朝一辆倾倒的小三轮车指了指，轻轻吆喝了一声，猴子就心领神会，轻叫一声，从幕侧跳将出来，麻利地扶起歪倒的小三轮车，轻捷地骑上去，蹬起就跑。它在场上骑着小三轮车轻松自在地转圈，转着转着，突然冲上跷跷板。这可是个不太容易表演的动作，最难的是骑小三轮车蹬上跷跷板中间的支点时掌握平衡和顺势完成全套动作。这只猴子把小三轮车猛蹬到跷跷板中间支点上，跷跷板开始翘时，它两手灵敏地握紧小三轮车的两个把手，身体轻微后仰，立即有惊无险地保持住了平衡。小三轮车异常平稳地顺着跷跷板急速滑了下来，落到地面。可是从上向下滑落是有惯性的呀！只见小三轮车神速地直向前冲刺，就于在场的人因吃惊而惊呼时，猴子猛拐小三轮车的车头，吱溜，车儿就似跳优美的华尔兹舞一样，两个轮子着地，一个轮子腾空，在原地整整旋转了一圈。动作连贯、协调、紧凑，让人无可挑剔，叫人不能不鼓掌，不能不喝彩。

好戏还在后头。只见驯兽员手腕扭动，对猴子打了一个倒立的姿势，然后口哨一吹，好像告诉猴子：现在开始。猴子得令，立即蹬上刚才的小三轮车，又一次骑着冲上跷跷板。刚到中间支点时，它老练、沉着又纯熟地按住车把，腰板有分寸又非常灵敏地向后一挺，腾空而起，身体立马倒立了起来。这个动作惊心动魄！一辆三轮车在跷跷板的中间支点，三轮车上倒立着一只猴子，平衡和时间的掌握稍有一点儿闪失，都会导致成套动作的失败。然而这只猴子却能掌握得准确无误，丝毫不差。当跷跷板向另一端倾斜时，猴子轻巧稳当地倒立在三轮车上，丝毫偏差没出，让小三轮车顺着跷跷板的斜坡自自然然地往下滑去。当三轮车滑到地面因陡然的撞击而发生摇晃时，猴子却仍然稳稳地控制着，使自己的身体倒立在三轮车上，然后，一个腾空翻从三轮车上轻盈平稳地落到地面。这不得不让人佩服猴子的聪明和敏捷。

猴子本来就是树栖动物，攀爬腾跃是它们的独特功夫。它们可以轻易地从这棵树的树枝上跳到另一棵树的树枝上。它们有时在树梢荡秋千，悠来悠去，悠着悠着，突然一下又轻松地悠到另一棵的树枝上。因此马戏团常让猴子爬上高高的竹竿，向空中扔小红帽让猴子接。

猴子搂抱在高高的竹竿上，驯兽员手里拿着一叠小红帽，拿一个小红帽向空中一扔，小红帽似红色的飞碟在空中旋转着飘飞。说时迟，那时快，就在刹那间，竹竿上的猴子迅捷地一蹬竹竿，身体就如弹丸一样弹向空中飘飞的小红帽；在同小红帽的交汇点，猴子两条后腿一蹬，两只前爪一伸，闪电般抓住飞行中的小红帽，迅速稳稳扣到自己头上，立即又像鸟一样滑翔而去，及时准确地落到对面的竹梢上。虽然惯性使它在竹梢上转了一圈，但它还是不失风度地搂住了竹梢。就在这时，驯兽员又扔起一顶小红帽，刚刚定神的猴子又立即猛蹬竹梢，借着弹力纵身跃向空中，又是稳稳地接住了小红帽，又是立即且稳稳地戴在自己的头上。就这样，猴子来不得半点喘息，总是不停地来回飞，动作之利落，姿态之优美，令在场的观众无不拍手惊叹。

再好的马也有失前蹄的时候，猴子没有想到，它也有接不到小红帽的时候。这边的驯兽员手里拿着小红帽向空中一扬，猴子立即从竹竿上飞身扑向空中，它哪里知道驯兽员手中的小红帽并没有立即脱手。在猴子飞离竹竿后，小红帽才被驯兽员抛向空中。仅仅很短的时间差，猴子扑了个空，飞到对面的竹竿上，小红帽悠然落到了地上。

表演停止了。驯兽员用手中的棍子无情地抽打着猴子，而猴子只有不停地委屈嚎叫，而没有半点抗争和辩解的权利。它是被役使者、被戏耍者，是弱者。这世上的弱者、被戏耍者、被役使者常常没有抗争和辩解的权利，猴子只有默默忍受，别无选择。

猴子也有不听使唤的时候。一只猴子，非常漂亮，全身长着纯黄纯黄的毛，唯有头顶上的毛洁白如雪。它的两个眼珠蓝晶晶，清澈明亮。无论远看还是近瞧，它那全身的毛都如丝绸般柔软，锦缎般光滑。加上匀称的身材，可称为美猴。

而它做起事来却不漂亮，狡猾得不得了。一次排演，让它在隐蔽处用一根鱼竿偷偷地钓走一个小丑的一小篮水蜜桃。刚开始，猴子非常高兴。水蜜桃鲜甜可口，是猴子的最爱，它能吃到水蜜桃，能不卖力吗？排练前驯兽员还给了它一个水蜜桃吃呢，美味极了。这边水蜜桃甜味还在口中存留着，那边又放了一小篮，猴子看到后一直流露出急不可待的样子。它趁小丑在台上表演的档儿，费了好大的力气，把一篮水蜜桃钓走了。偷到一边，它不由分说拿起一个就咬，可桃子不仅不甜，连咬也咬不动，原来是塑料做的。它觉得这个便宜没能占到，受骗了，就生气了，扔下鱼竿，"嗖"一下蹿到排练房钢梁上不下来，无论驯兽员怎么吼叫，它都不听。它在钢梁上攀爬腾跃，手舞足蹈，还时不时给下面着急的人们扮鬼脸。直到一天后，它饿急了从房梁上下来找吃的，才被捉住。逮住后，体罚肯定是免不了的。但顽皮是猴子的天性，刚刚遭皮肉之苦的它只能安稳一会儿，很快便将挨揍的事忘到九霄云外，乘人一不留神，就去把水龙头拧开，自个儿得意地站在那儿看。

最让人讨厌的是猴子们那和某些人一样贪婪的心和好吃的嘴。猴子们见什么都想尝尝，只要是自己喜欢吃的，两只眼睛就紧盯不放，千方百计想不劳而获。它们先会厚着脸皮伸着爪子向人讨要，要不到就偷就抢。数年前我游峨眉山，一路向山峰爬去，从半道开始就不断在路边碰到三五成群的猴子。它们有的蹲在路边，两眼瞅着过往游客，看到谁手中拿着好吃的东西，就老早站起来，露出媚态，想讨点儿吃。有的爬到树上蹦跳腾跃几下，然后翻身跳到路边，站立着伸出两个前爪，似乎说：看我给你们玩了几套功夫，该给点儿报酬啊。有的直接到游客手中抢。游客给它们了，它们拿着好吃的，又怕别的猴子抢，就迅速爬到树上，或跳到悬崖上独享。有的游客如果手里拿着东西但不给它们分享，那可要小心了，它们随时会从游客手上把好吃的抢走。它们突然袭击，游客躲闪不及，衣服被猴子抓破撕烂是常有的事，还有女性的裙子和上衣被撕烂的呢。我清楚地记得在峨眉山洗象池发生的事。洗象池海拔两千多米，是猴子最集中最爱玩耍的地方，也是游人最多的地方。从洗象池再往上走还有一千多米才能到峨眉山的最高峰金顶，一般游客畏险畏高，攀登到洗象池就折回山下，所以这里人多食物也多，猴子来到这里每天都能得到一定数量的美味佳肴。猴子要到食物吃完后就开始打斗玩耍，从这个房子的窗户跳进去，然后从另一个房子的窗户跳出去。有些饿急了的猴子，如果要不到东西吃，就趁人不注意，把游客的照相机抢走，挂到悬崖峭壁的树枝上，让人哭笑不得。

别看猴子个头矮小，没有狮子和老虎的威猛之躯，可它们特别爱逞能。也正是因为这一点，它们经常吃亏，甚至丧命。在一条快现底的河里，水里隐藏着数条凶残的鳄鱼。牛群来了，不敢去河里喝水；鹿群来了，不敢去河里喝水；羚羊群来了，也不敢去河里喝水；唯有猴群来了，敢冒这个险。一只猴子刚走到河水边，正要伸嘴喝水时，一只藏在水底的鳄鱼突然伸出长长的嘴巴，咬住这只逞能的猴子的一条前腿。其他猴子见状，立刻作鸟兽散。眼见这只猴子就要成为鳄鱼口中佳肴的时候，猴子用另一条前腿迅速、准确、用力地去蹬鳄鱼的头部。鳄鱼没有想到猴子会这样突然袭击，被搞晕了，一下把嘴松开了，猴子趁机迅即把前腿从鳄鱼的嘴里拔出，闪电般地逃上岸去。是聪明救了它一命，可是它的逞能却险些丧了自己的小命。古代有个寓言：吴王命人向林中射箭，其他猴子四散奔逃，只有一只猴子硬充英雄，不慌不忙，用手接住空中的飞箭。它因此得意扬扬，骄傲得不得了。它不知道吴王命令士兵万箭齐发，结果终于死于过于张扬的炫技。

如今我极厌猴子，就在于它们太像某些人了。它们刁钻，耍小聪明，凡事讲报酬，逞能，还有贪心。印度南部的马哈尔丛林里，人们利用猴子的好吃、贪心，制作一种奇特的狩猎工具捕捉猴子：固定安装的盒子里面装有猴子爱吃的核桃，盒子上开了个小口，猴子的前爪刚好伸进去；可猴爪抓住核桃就抽不出来了。自以为聪明的猴子常常中计，人们熟悉了猴子的习性，也抓住了它们的弱点：不肯放下已经到手的东西。

猴群是有头领的。猴群中的头领是猴王，所有的母猴只能和猴王交配，其他公猴如若偶尔得到机会偷情，就要冒着生命危险，一旦东窗事发，常常付出生命的代价。

因为猴王有其余猴子无法逾越的特权，于是就有了夺权的血战。老猴王渐渐老去的时候，年轻的公猴跃跃欲试，做起当猴王的大梦来。当然，这要靠实力说话。猴子也是划地为王的，如果把几群猴子弄到一块儿，它们必然会发生恶斗，直到产生新的猴王为止。

媒体曾经有这样一则报道，辽阳动物园从河南新引进三十只猕猴，这些猕猴每个都身强体壮，精力充沛。它们原来分属不同的"帮派"，各派都有自己的"帮主"和"掌门人"；如今人为地把它们放在一块儿，混乱的局面就产生了。谁都想让别的猴子听从自己的指挥，可谁都不服谁，自然要通过比试拳脚的方式选出统领所有猴子的猴王。不曾料到，起初的比试最终演变成各帮派之间的混战。本来是单挑，谁的个人实力最强，谁就成为猴群中心的至尊，结果却演变成帮派与帮派之间的实力比拼。

最先发难的是一只瘦猕猴。野性不在于年长年幼，也不在于个大个小还是胖瘦。这只雄性猕猴四五岁，它的野心膨胀得极为厉害。它和同伙吃罢地上的玉米后，立即转身冲向南面假山上另一个猴群来个先下手为强，伸出爪子去抓一只体积颇大的猕猴。大猕猴回头一看是个小瘦猴，哪里会瞧得上，当然更不会示弱，立即回击，张嘴就去咬瘦猕猴的尾巴。双方猴群的猴子们看到各自掌门人开战，纷纷加入战斗，两派群猴，你追我赶，你撕我咬，扯腿的，抓脸的，咬脑袋的，顿时大乱起来，一阵阵愤怒的啸叫声不绝于耳。经过好一阵子激烈搏斗，大猕猴竟然被瘦猕猴从一个七八米高的笼网顶部掀下，坠地重伤。同群的猴子发现自己的掌门人落败受伤，纷纷向笼网一边逃窜。人说，树倒猢狲散，一点儿不假，这就是猴子的势利特性。

胜利总是让人喜悦的。大猕猴败阵，瘦猕猴很是得意一阵，风光一番。它在笼子里颇像得胜的将军一样，大摇大摆地转了两圈，像展示自己的英武，又像检阅自己的部队。它像想统治世界的希特勒一样，按捺不住征服别国的欲望。几分钟过后，它又率领自己的猴群向另外一个猕猴群发动进攻。猴笼再次乱作一团。

就这样，三十只猕猴不停地进行一轮又一轮大战。据说，这三十只猕猴中有七只公猴，经过数轮激战，一只战死，三只主动放弃王位，还有三只势均力敌。这三只势均力敌的猴子谁能最后称王，不得而知。但有一点可以肯定，它们还要继续大战下去，直到产生新的猴王为止。

有猴王，就有背叛。一只年轻的公猴与老猴王争夺王位，一旦决出胜负，众猴就会一拥而上，争相撕咬失败的一方，一齐驱逐它，让它远离猴群，即便它是原先的猴王，也毫不留情。你战败了，失势了，你不仅什么也不是，一文不值，而且过去的部下也会纷纷落井下石。猴类的德性简直和某些人出自一个模子。如果老猴王不能及时逃脱，它的身上就会留下曾经子民无情的齿印，最后鲜血淋漓，孤独地毙命。这些乌合之众之所以争先恐后地对老猴王下此毒手，不是出于对老猴王的统治不满，积怨太深，而是以对老猴王残酷绝情的行动来表明对新猴王的效忠，借此讨得新猴王的欢心。我对猴子特别厌恶，原因即在于此。

有了猴王，自然而然就有了献媚者。在猴群中有一只小猴，父母都战死了，只剩下孤苦伶仃、孤立无援的它。以大欺小是猴子的恶德之一，故平常的日子，谁都可以任意欺辱它，谁也不会保护它。它每天都忍受着煎熬，提心吊胆地过日子。终于有一天，它找到了生存大法，即紧跟猴王不掉队，追随猴王不变心，想猴王之所想，急猴王之所急。猴王最爱吃新鲜的果子，它就积极地爬到树上去摘，然后拿到猴王面前，献给猴王享用；猴群倘若有猴子打架，发生了不和谐，它第一个向猴王报告；猴王身上痒了，它就急忙跑去给猴王抓痒痒……日子久了，猴王把它当成自己的贴心走狗，对它倍加爱护。这样一来，有猴王的大红伞保护，再也没有哪个猴子胆敢欺负它了。

在强者面前当孙子，在弱者面前当老爷，这一点，人与猴也有相通之处。有人说在某地野生动物世界，有一年运来三只小狮子。它们是在被母狮抛弃后，弄到这里来的。饲养员找来两只刚生育完的母狗当"奶妈"。狮子虽然是凶猛的攻击性动物，但因为幼小，就常常遭到猴子的欺负。附近猴山上住着一群猴子，为首的一只年纪已经相当大，至少有五岁；它身体肥硕，生就一派英武之貌。三只小狮子刚来，它就发现了，时常下山来到草坪寻衅滋事，进行骚扰，不是隔着护栏大声叫唤吓唬三只小狮子，就是隔着护栏用小石头砸三只小狮子。它见三只小狮子毫无还手之力，更逗了脸，索性跳到护栏里，揪着小狮子的耳朵使劲摇晃，居然还扇起小狮子的耳光来。每每"得手"之后，猴王便跑到旁边一个企鹅状的垃圾箱上，一脸得意地啸叫着，好像它真是森林之王，野兽之霸了。

这让我想起另一则故事。某地野生动物园从内蒙古购回一批草原狼。其中两只小狼一时无处可放，饲养员竟突发奇想，将狼崽关进了猴子的大笼子里。狼崽虽然很小，但猴子初次见到它们那尖牙利齿，还是很有点儿胆怯的。猴子是聪明的主儿，开始不断试探，骚扰后立即顺着钢丝笼子爬到笼的顶部，小狼崽气得只能嗷嗷叫，却奈何不了猴子。尽管小狼后来长大了些，还是无法用自己尖利的牙齿咬住猴子，还是不断遭受猴子的进攻。猴子却频频出手，一会儿这只猴子从笼顶跳下来，对着狼崽咬两口，一会儿那只猴子从笼顶跳下来，对着狼崽咬两口，搞得狼崽顾左顾不了右，顾前不顾了后，防不胜防。如此反复，日复一日，见狼崽无计可施，猴子们愈发胆大起来，对狼崽的进攻更加频繁，更加凶狠。而两只狼崽则被猴子们折腾得精疲力竭，寝食难安，万般无奈，只好向猴群俯首称臣。如此一来，狼崽生存的环境更加糟糕。游客给的食物，总是先被猴子抢了去；猴子心情不顺时，就会逮住狼崽又咬又抓，发泄心中怒气。更奇怪的是，天冷了猴子竟然钻到狼崽怀里睡觉；倘不从，猴就用利爪又是抓又是打。有一只狼崽的耳朵竟然都被撕裂了。

　　猴子的复仇心极强，谁惹了它们，必定得到报复。抗日战争时期，有一个老人卖蛇药。他的蛇药治蛇毒极灵验，将蛇药放在自己口袋里，毒蛇拿在自己手上，只见毒蛇退而不咬。他把蛇药从口袋拿出来，毒蛇立即咬他一口。这时，他把蛇药放在酒里，然后喝一小杯，就安然无恙。为了吸引买蛇药的人，老人带一大一小两只猴子，并在猴子脖子上都挂着一个小小的蛇药袋，让猴子玩耍毒蛇。老人表演过后，卖掉了一批蛇药，就叫猴子表演。就在猴子表演在兴头上的时候，来了一个日军牵了一只高大的军犬，那军犬吐着血红的舌头闯进人群。见猴子正在表演，那日军一声吆喝，军犬"呼"地一下猛扑上去，一口咬住小猴子的脖子不放，尽管小猴子发出凄厉的惨叫，拼命挣扎，也无济于事，不一会儿就一动不动，气息全无。见此，那日军发出一阵得意的狂笑。这时，只见那只大猴子突然一跃而起，从蛇袋里抓出一条毒蛇，扔到了军犬的鼻子底下。军犬用鼻子去嗅那毒蛇，一下被毒蛇咬了鼻子，痛得一跳老高，怪叫不止，接着在地上不停地打滚，很快一命呜呼。这时一不做二不休的大猴突然高高跃起，闪电般扑到日军的头上，一下子抠瞎了他的两只眼睛。顿时，那日军满脸是血，痛得大声号叫。老人也配合猴子，从袋里拿出一条毒蛇扔在日军头上，日军挨了毒蛇一口，哀号一阵后倒地死去。老人和猴子逃之夭夭。在场的人都拍手称快，直到现在当地还把猴子杀日军的故事当作美谈，把猴子当成了抗日英雄呢！

　　其实不只是日军，无论谁惹了猴子，它们都要报仇的。可不是，在海南海天大酒店前，一只小猕猴觅食时，被一辆出租车撞死，随后出租车离开现场。但山上数十只猕猴见小猕猴被撞死，便立即下山将猕猴尸体围住，不让他人靠近半步，同时还对其他出租车进行攻击。

　　猴子如镜子照出了人类自己。猴子乍看上去是很可爱的，但其劣性与人类相仿，有时也很可憎。猴的行为撕破了人类虚假的外衣，把人类种种弱点和丑恶暴露在大庭广众之下，人类长期以来靠巧妙的手腕遮盖起来的丑恶被猴子赤裸裸地呈现出来。本来人类是观看猴子的，结果人类从猴子身上照出了自己，成为被观者。如果说我还有喜欢猴子的理由，那就是猴子颠倒了观者和被观者的秩序，揭出了人类所谓尊严、高贵、端正、正经之下隐藏的多重秘密。

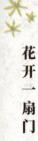

猛狼争情

太阳火辣辣地扫射着寂静坦荡的草原。远远望去，草原在一派宁静中腾起一阵阵让人心旷神怡的雾气，不停地蒸腾翻舞着，愈加广袤而辽远、寂静而神秘。

一个影子探头探脑，渐行渐近，仿佛幽灵。牧民们知道，又有狼群在附近活动了。为首的是一头公狼，它全身黝黑发光，唯独两只耳朵尖长着别致的白毛，显得特别鲜明夺目。它个头高大，身体壮硕，一派英武，足令所有的狼心生敬佩，故称黑帝。黑帝是群狼共同推荐的领袖，黑帝有个温柔漂亮的妻子，一身银灰，名叫玲珑。

在这片一望无垠的草原上，流传着许多故事。

黑帝喜欢将玲珑时刻带在身边，俨然是对情深意重、风雨同舟、患难与共的夫妻。它们一起游赏捕食，野猪、小鹿、野兔都是它们的佳肴。倘若长久未能捕获猎物，它们就会去农家偷猎。它们大多选择暗夜出击，圈中的猪羊，是它们攻击的主要对象。对于牛，它们不敢轻易下手，因为牛角非常锋利，争斗过程中往往会赔了夫人又折兵。黑帝就曾多次被牛角刺得出血，不仅吃不着牛肉，还带伤败阵。而猎羊比猎猪容易，逮住羊后，它们能一口咬断羊的喉管，一招致命，夫妻俩可轻而易举地各拉一只羊，逃得远远的慢慢品享。而猎猪就没这般容易了，猪圈往往比较坚实牢固，四面壁墙，上有顶，必须费神又费力才能跳至猪圈顶部，扒开，跳下，咬死猎物。猪的体重往往是羊的几倍，即便已将猪咬死，拨开门闩，也很难潇洒拖走，又不敢将猪当即饱餐，因恐主人闻风而至，枪械侍候。

某日，黑帝夫妻捉到一头猪，猪特别肥硕，它们不由得垂涎欲滴，可是黑帝叼不动，玲珑帮忙也徒劳，又不能如人那样取根棍子抬着走。黑帝心生一计，夫妻俩分别咬住猪的一只耳朵，猪被夹在中间，竟然乖乖地跟着走。为了尽快逃离现场，黑帝与玲珑使劲用尾巴击打猪屁股，而猪一声不敢抗议，百依百顺地跟着黑帝夫妻疾跑。猪哪里知道，它跑得愈快，就愈接近死亡，它的乖顺正是黑帝夫妻所期望的，它是真蠢还是不怕死，抑或精神崩溃？动物世界也有如此"绑架"奇观，狼的智慧还真不亚于人。

一个午后，一队车队路过，有位司机因车子出现小毛病而掉队，他修复车后连追三小时也没赶上。茫茫沙漠，前不着村后不着店，唯见一轮缓缓下坠的如血夕阳，他陶醉在夕晖的怀抱中。可他做梦也想不到，就在前方的一片胡杨林中，一群狼正绞尽脑汁捕猎食物，狼王正是黑帝。

正所谓屋漏偏逢连阴雨，司机驾着车追赶车队时，车没油了，他停车后慢吞吞地吸了支烟。此时，一头侦探狼以闪电般的速度把这个消息报告了胡杨林中的狼王黑帝。黑帝一听，当机立断，一声号令，十八头身强力壮的狼如离弦之箭窜出胡杨林，向司机的方向飞奔而去。

犹豫是非常可怕的敌人，司机就在迟缓之际丧失了开车逃跑的最佳时机。正当他从后备箱取出油桶时，狼群围猎而至。司机惊恐不已，情急之下，迅速打开车门，但还是被群狼撕咬下半条裤腿。他此时才真正意识到自己被狼群围攻了。他定了定神，心念幸好有一把性能优良的枪，还有一百发子弹。

一场人狼恶斗一触即发，黑帝正调兵遣将。

司机握住步枪，从驾驶室内摇低窗玻璃，缝隙刚够放置枪管，瞄准离他最近的狼。他明白第一枪至关重要，绝对是个下马威，对狼群绝对是一种震慑。

步枪连响两回。随着突兀、尖利的枪声，两头威风凛凛、不可一世的狼应声倒下。一枪一头狼，枪法神准，司机暗地自豪。

群狼受到惊吓，一时间慌急地四下奔退。群狼退却后，日尽月露，司机望着初升的皎洁月亮，嘴里吹着口哨，心头腾起一股从未有过的成就感。只身瞬间消灭了两头狼，又独享了沙漠星月，也算得上人生的险逢幸遇。

他原本想尽快加油上路追赶队友，可转念一想，着什么急呀，狼不敢再来侵犯了。他又回想刚才的惊险，这下可以在队友面前吹嘘自己是孤胆英雄了，不在乎迟一会儿上路。狼就是再来，我子弹多的是呢！

人最致命的缺点就是太过盲目与轻狂。正当他想入非非、自鸣得意时，群狼重整旗鼓卷土重来。令他惊愕的是，狼由原来的十几头增加到三十多头。他先是一愣，好在枪已在手，弹已上膛，遂先打死一头。他瞄准的都是高大肥壮的狼，他以为打蛇打七寸，打狼先打王，可是黑帝夹在群中，左右前后被群狼保护。黑帝镇定自如地指挥，时而散兵如棋子，时而合围如桶，倒下的狼也无暇相顾，射着凶光的狼眼全部都紧盯司机。黑帝趁司机眼花缭乱的时候，呼地窜到汽车底下，指挥众狼撞击车门。

虽然不断有狼中弹倒下，但没有一头退却，相反，狼们从四面八方迅速成群结队地拥来，足足有百余头，司机不由得浑身发颤。从黄昏掉队开始连续被狼攻袭，他已经精疲力尽了，眼下要面临更大的挑战。他后悔自己延误了那一支烟的工夫，从而引来一场死亡威胁。他看看天空月明如昼，哪里还有欣赏的雅兴。此刻他不仅恐惧，且困顿不堪，迫切希望队友们能来解围。

狼王黑帝钻出车底，精力充沛，神态安详，注视车窗内的司机，似乎在蔑视他的无能。它指挥群狼分成若干纵队，轮番向汽车进攻。眼看狼群已撞松了车门，抓碎了窗玻璃，司机拔出雪亮的长刀，准备下车与狼群决一死战。就在他绝望的关头，他的队友们驾着二十多辆车，以迅猛的速度，鸣响着急切的喇叭声，向狼群冲了过来，群狼惊退而去，司机总算幸免葬身狼腹。

冬日满天飞雪，大地被雪覆盖着。动物们有的备足了食物安心藏身，有的处于冬眠无须进食。群狼几乎断绝了食物来源。黑帝心疼孩子们饥饿难耐，趁着黑夜，带着几头精壮干将，潜袭羊圈。

夜色如墨，寒风刺骨。黑帝已同手下悄悄潜至羊圈附近。它们刚一跳进羊圈，牧羊犬就发觉了，牧羊犬拼命大叫起来，牧民们即刻点着火把，打开电筒，操起棍棒、猎枪、刀斧赶来。黑帝一看大势不妙，"嗥嗥嗥"三声，示意群狼撤退，自己则用锋利的獠牙，迅速咬断了一只小羊的喉管，欲要拖起小羊冲出羊圈。此时牧民已奔进羊圈，黑帝被围困，要想解脱已是万难。

群狼见领袖遭困，转过头来，齐心协力蜂拥而来。狼们的团结精神在动物世界是最值得称赞的，它们不像人类那样趋利避害，更不会落井下石。群狼勇猛地扑向牧民，舍命解救黑帝。一头年轻的狼被牧民的铁镐击中了，一股鲜红的血喷出，溅洒在雪地上。

狼王黑帝凄厉地叫喊三声，叼起小羊，冲进漆黑的夜色之中。黑帝必定会为这次失败而自责，更会为同伴的牺牲而愧疚。黑帝一夜不安。

翌日，黑帝独自悄悄来到牧民居所附近，忍着饥渴，一动不动地趴在草丛中。终于，它看见了远处旗杆上飘舞着的同伴的皮。黑帝双目垂泪，痛心不已。这是它的朋友、它的亲人，是为了解救它而遇难的。它苦等至夜幕降临，迅捷地接近旗杆，用牙齿一点一点啃噬着绳子。随着"啪"的一声，同伴的皮落了下来，它舔着伙伴皮上的血痕，咬断紧捆的绳子，叼起皮飞奔。

狼王黑帝的信义、功绩、能力，群狼有目共睹，因此，大家都十分敬畏、崇拜它，齐心追随它共建狼园，也正因此，引来诸多母狼的倾慕。一头叫丽莎的年轻母狼经常在狼王面前主动示好。

初夏，夜色笼罩着草原与山川，年轻的母狼丽莎静卧在月夜下，发出强烈的青春的气息，撩拨得公狼们兴奋不已。丽莎只钟情狼王，拒绝群狼的求欢。一日，成熟漂亮的丽莎趁狼王的妻子玲珑不在身边的时候，轻盈地跑到黑帝身旁，温柔地发出爱的呼唤。纵使丽莎百般柔情、万般示好，可黑帝始终冷若冰霜，不予接受。自尊心极强的丽莎不甘心自己求爱失败，认定黑帝不愿交好是因为玲珑生育了孩子，于是将怨气出到了它们孩子的身上。丽莎张开血盆大口，欲将黑帝的孩子咬死。黑帝及时发现，对丽莎一顿怒吼，对它更是反感到了极点。

黑帝公务繁忙，妻子玲珑兢兢业业、尽心尽职地当好贤妻良母。一日中午，正当玲珑跑到外面眼巴巴盼望丈夫回家时，一条比碗口还粗的巨蟒团团围住了小狼。小狼大惊失色，焦急地"嗥嗥嗥"向母亲求救。玲珑听见孩子声音异常，一边向丈夫发出信号，一边飞快地跑回。黑帝闪电般赶到，夫妇联手轮番向蟒蛇进攻，蟒蛇始终不敢把头伸进洞内。然而黑帝夫妇也不敢靠近蟒蛇，深知一旦被缠身，非但救小狼无望，夫妻俩也得丧命。它们唯有一边张着血盆大口拼命地嗥叫，一边不停地围着蟒蛇转圈。渐渐地，蟒蛇体力不支，食狼无望，甘拜下风，灰溜溜地游走了。

狼儿虽然得救了，但狼穴显然不安全了。玲珑陷入沉思，如此隐蔽的地方，怎么会被蟒蛇发现呢？聪明绝顶的玲珑来到穴口进行查看、分析。原来是因为穴前有一些斑斑血迹，那是平时捕捉了猎物后一路拖回时留下的，蟒蛇正是循着血迹而来的。于是，夫妻俩先将狼儿藏至别处，以后每回捕到猎物，就将猎物整只吞进肚里，回来后再吐出来喂狼儿，这样，其他动物就不容易找上门了。

这一年，黑帝任期已满，按照狼族规定，新狼王的产生必须经过比武，胜者为王。

月光明亮，给大地洒下一片银色。狼王黑帝与一位候选狼王来到一个山崖。双方站在各自的位置，彼此平心静气默视对方，大有武林高手大战前的凝神运气之态。它们的前腿绷得笔直，铁钩般的前爪积蓄着力量，露出钢刀般的獠牙，以迅雷不及掩耳之势向对方冲去，张开血盆大口撕咬。双方不停地变换自己的身姿和位置，一阵狂风暴雨般厮打后，双方都疲惫不堪，但是没有决出胜负，它们稍作喘息便继续战斗起来。

第一回合后，黑帝还精神抖擞，气势非凡。双方的搏斗，就像战场上的短兵相接，都铆足了劲，想置对方于死地，恨不得一口咬断对方的喉管。黑帝翻身而起时，不料因用力过猛，竟然摔了个四脚朝天，对方伺机将两对长长的獠牙钳入狼王的肋部。黑帝无论如何挣扎，也摆脱不了候补狼王，鲜血汩汩而出。黑帝默默地舔着自己，泰然自若。

在黑帝稍微松懈的瞬间，对方的獠牙又突如尖利的铁钳紧紧夹住它的大腿，顿时血流如注。

黑帝战死后，玲珑与两个孩子相依为命，一切责任全压在玲珑身上。它每天要独自外出捕猎喂养狼儿，走前总是嘱咐孩子不要跑出去。有一天，玲珑要离开狼穴外出时，抬头看见远处有个猎人正朝它走来。它急忙装作没发现猎人一样，镇定地朝相反方向而去，走走停停，停停走走，给人感觉纯粹是在悠闲地散步。不一会儿，它又疯狂跑起来，似乎发现了猎物，继而又似乎目标消失，垂头丧气。

玲珑就这样时疾时徐，始终让猎人既能看清它的身影，又保持着一段距离。猎人从正午追至暮色沉沉，累得全身是汗，也没摘下狼身上一根毫毛，终于不得不收起家伙，打消了追捕念头。这时，玲珑站在山丘上，目送猎人渐行渐远的背影后，终于折回头，拼命朝着狼儿的藏身之处跑去。它用自己的机智躲过了猎人的枪口，保住了自己与狼儿的性命。猎人做梦也想不到，它的所有举动，正是声东击西，转移猎人视线，将自己置于危险境地，才得以保全孩子。

盛夏的午间太阳，晒得花草低了头、弯了腰，动物也藏在阴凉角落，少有外出活动。玲珑带着两个孩子去河对面寻食。

汛期到了。六月的天，孩子的脸，说变就变。它们刚刚过河，天空便乌云密布，电闪雷鸣，下起暴雨来了。玲珑带着狼儿要回家时，水已满过河床。望着激浪滔天、奔腾不息的河流，玲珑犯了愁。怎么才能安然渡过河呢？

此刻，它特别想念夫君，若是黑帝健在，这一切困难自会排除。它思来想去，只能分成两回将狼儿驮回对岸。可是，如果它驮了一只狼儿过河，放下后再去驮另外一只时，先过了河的这只遇到别的野兽或猎人怎么办？又或者等它驮上一只后，在岸边等着的狼儿遇袭怎么办？玲珑陷入两难境地。

此时，刚巧有一群鹿从河边路过，且有一只拐着腿走路，它断定那只鹿是受伤了。它确定周边暂无危险，直奔那只鹿，将其咬死拖至河边。它三下五除二迅速掏出鹿的胃，使劲吹，将鹿胃吹得大大的。它将鹿胃当皮筏，让狼儿扒在鹿胃上，自己则用嘴紧紧咬住鹿胃的开口，就这样，两只狼儿顺利地渡过了波涛汹涌的河流。母狼玲珑又一次以自己的智慧战胜了困难。

两头小狼渐渐长大了，每天食量增加。自从黑帝离世后，玲珑就独自承担起所有的责任。为了减轻负担，也为了锻炼小狼的生存能力，玲珑开始天天将小狼带在身边一起捕食。一次，它带着狼儿在一片草丛中休息时，忽然嗅出一种气味。它立即用锋利的双爪拨开草丛，看见一个小洞，顿时来了精神。但是挖了好久，却没有发现任何东西。它还是不甘心，再嗅嗅底下，始终还是有异味，便继续向下扒拉，挖至近一米深，终于发现了一群小野猪。它好不得意，赶紧叼出一头丢在地上，让小狼追捕奔跑的小野猪。小狼一鼓作气，穷追不舍，很快就将野猪拿下。母狼又叼出一头小野猪丢在地上，狼儿再次追捕野猪，母狼这才放心了，孩子终于能捕食了。

冬暮春初，是动物们最难熬的时光。母狼一家已经好几天没有进食了。这日，玲珑冒着风雪独自出去了。可是，这一次外出觅食，它却魂归西天，永远离开了它的孩子，离开了这个曾经让它经历无数次惊险又享受温馨的世界。

原来，狼儿醒后，但见雪花飞扬，身边却没有了母亲的影子，断定母亲出去捕食了。于是两只小狼一边"嗥嗥嗥"叫，一边四处寻觅母亲。母狼叼着食物飞奔回家时，听见了孩子的呼唤。当狼儿继续往前冲时，母狼示意它们不要跑。可是已经来不及了，一辆货车飞驰而来，母狼奋不顾身地将孩子推了出去，自己却被车子撞得在空中翻了几个跟斗，车轮从它的身上碾过……

少年侣伴

夏日的一个夜晚，我难得空闲去郊野观赏湖光山色。我发现，一群男女在水库里自由自在地游泳。其中一个男子在前面游，后面拖着一个游泳圈，游泳圈上载有一只狗。游泳的男人用绳的一头拴在游泳圈上，另一头系在自己身上。男子一边快乐地看着狗，一边畅游，小狗在后面紧跟着，威风且快乐地直立在游泳圈上。

这太有趣了！让我观赏了好久好久。我不禁想起曾喂养过的小狗亮亮。

亮亮是我从舅舅家抱来的。一天，我到舅舅家去玩，发现他们家的母狗生了一窝小狗。小狗刚刚满月，捧在手上，柔柔的，暖暖的，让人舍不得放下。舅舅看出我的心思，就让我抱走一条。这样，这条小狗就落户到我家了。看着它长得胖乎乎的，圆溜溜的，全身毛发黑得发亮，两个眼珠更亮，像又黑又大的葡萄，我就给它起了个名字叫亮亮。

彼时正是初春，风有些料峭。放在纸盒里的亮亮冻得哆哆嗦嗦，缩成了一团。我买了热水袋，灌上热水，放在亮亮旁边。这个小家伙对热水袋情有独钟，亲热得很，趴在热水袋上不下来，直到水凉了它才离开。

亮亮初到我们家时，尾巴一直发抖，不晓得怎么回事。它的眼神怯生生的，不时从这个人的脸上移到那个人的脸上，好像我们的面孔都很狰狞。我想，它也许是受到惊吓了吧？小狗究竟是怎么受到惊吓的？我一直百思不得其解。是我们对它很凶，还是它认为妈妈不疼爱它？我不得而知。但小狗亮亮一时还体验不到它来到我们家是会受宠的。

我看着它，用手抚摸它，挠挠它。开始，它是警惕和恐惧，有些害怕地往后退缩。我想，自从见面以来，我对它够友爱的了，怎么还不相信我？我又用手轻轻抚摸着它的头和它的身体。也许它感到了我的手传递给它的温情，于是不退缩了，而且还老实地蹲坐在地上，腼腆地伸出嫩红的小舌头，在我的手背上舔了两下。兴许它真正感觉到这个环境对它是安全的、温暖的，它才以这种友好的方式回敬我。它一定明白，在我面前，它这样舔我的手是被允许的。我的手背让它舔得痒痒的。我不动了，它更殷切地舔起来，舔得我的手不忍心抽回去，恐怕惊吓了它。

半年后，亮亮个头长大了。它睡觉少，就像一个调皮的孩子，不到十分困乏不睡觉。它整天疯玩，出去找它的小伙伴疯。有时找不到小伙伴，它就追小猫玩，小猫被它吓得夹着尾巴直蹿。有几次猫急了，就爬到树上、房顶上，它只好无奈地站在地上昂着头，"汪汪"直叫，坐在那儿等。等一会儿，它耐不住了，就悻悻地走了。无聊之极的时候，它竟然去追蜻蜓和蝴蝶，累得"哈达哈达"直喘气。有时小鸡被追得满院叽叽直叫，乱飞，它很快乐。看到鸡吓得乱跑，它高兴地在地上直打滚，打过滚之后竟又起来去追，弄得院子很不安宁。我就吼它，叫它停下，可它忘乎所以起来，只拿我的话当耳旁风。我就逮住它，没轻没重地揪它的耳朵，逼着它老实点儿。只有这个时候，它才能老实一会儿半会儿。但不要很长时间，它就像顽皮的孩子忘记挨过打一样，又会旧病复发。我看着顽皮的它，觉得又好笑又可气。

它成了我们贫困家庭的活宝，给我们带来了无穷的欢乐。它不仅到野外玩，找小狗伙伴玩，戏弄小猫、小鸡，更多的是同我们家人玩。它快乐时满地打滚，高兴时两个前爪往我们身上一趴，让我们用两只手接着，引领它扭巴扭巴地走；有时它会趁人不注意时，伸出嫩红的小舌头去舔家人的脸蛋。它还和我们一起看电视，特别是当电视播放动物世界出现狗和狼的画面时，它看得特别专注，巴不得自己融入电视里的动物世界。

因为全家都爱它、宠它，就任由它搞些无关痛痒的小破坏，蹬了鼻子，它就上脸。有一天，下了大雨，它从外面玩耍回到家，像个落汤鸡，四个爪子沾满了泥水。也许有点儿冷的缘故，它突然跳到床上，还直抖身上的泥水，弄得满床都脏脏的、湿湿的。我妈生气了，一巴掌把它打到了床下，并用脚踢了它一下，还警告说："下次再这样，看我打死你。"亮亮一下傻了，它没想到它的忘乎所以，会惹得主人如此动怒。从此，它学乖了，再也不敢上床了，有时候把它抱到床上，它也吓得立即连滚带爬跑下床来。一见它这个样子，妈妈就觉得愧疚，当时不该那样狠打它。

不久又发生了一件令亮亮不愉快的事。它平时夜里要拉屎尿，就会跑到床边喊我们。有一次，我们全家人都睡沉了，它一个劲叫都叫不醒我们，实在熬不住了，就在门边方便了。第二天一清早，姐姐不慎踩到了一脚它的排泄物。妈妈生气地说："亮亮又想挨打了，看我怎么打你！"一边说着，妈妈就一边把亮亮拉过去进行惩罚。从此以后，无论什么情况，它再也不敢在屋里睡觉了。它也许怕在屋里憋不住，再被我们痛打。

到深冬了，我们怕冻坏它，要拉它进屋，可它直摇头，两腿直往后退缩，表示抗议。有一天夜里气温很低，漫天大雪，地冻天寒。早上起来，我看到雪地上亮亮踩雪留下的蹄印子。我想它一定一夜都在跑着取暖。于是，我就把原本锁上的厨门打开，让它在灶前卧睡避寒。或许是天太冷，亮亮拼命往灶口拱，所以弄得浑身脏兮兮的，像个小丑孩。

亮亮长到两岁时，已是像模像样的大狗了，但它依旧淘气，时时围着我们转，要我们逗着它玩耍。有一次，它居然咬了邻居一口，母亲只好带邻居到防疫站打了针，这让母亲很是恼火。亮亮似乎知道自己犯错了，垂着耳朵跟到了防疫站。我建议也给它打一针，谁知这家伙就是不听话，几个人都按不住，又把打针的医生咬了一口。这下更不得了了，母亲追赶着要往死里打它，我一边心疼，一边咬牙切齿地对亮亮说："你再也不要回家了！"怨怒之下，我跨上自行车，一溜烟回了家。到了家里，我立即后悔起来，当时不该那么冲动丢下亮亮不管，它万一找不到家，丢了咋办？想到这里，我立马骑车出门，顺着去防疫站的道路找。半道上，我看见亮亮正翘着尾巴往家的方向跑来。见到它后，我原本以为，它会亲热我，因为我毕竟来找它了，说明我还是要它的。可它没有这样做！它停下，趴倒，一动不动。我说："亮亮，咱们回家吧！"它的眼皮动也不动一下。我又说："怎么啦！亮亮生气啦？是我不好，不该丢下你。可我现在不是来接你了吗？"我摸着它的身子，揉揉它圆乎乎的脑袋，看着它两眼流露出埋怨和委屈的神情。我知道，因为我从来没有这样对待过亮亮，突然这样对待它，它受不了。现在我来接它了，它就像被丢弃的孩子，一下见到了妈妈，内心的委屈和痛苦一下涌上心头。于是，我又摸摸亮亮的耳朵，轻轻地对它说："这儿不是你的家，跟我走吧！"我说完，亮亮的眼皮翻了翻。我知道，它是懂我意思的，虽然它当时没有立即起来，稍过一会儿它就站了起来，跟着我回家了。

亮亮对饮食的要求可不高。因为家境艰难，哪儿有钱给它买好的东西吃呢？只能给它丢点儿剩饭剩菜，还有时断顿！给它食物吃的时候，它的头早早地昂起来，两眼直勾勾地盯着我的手，馋得一跳一跳的，恨不得马上一口全部吃到嘴里，脸上呈现出特有的、夸张的感恩神态。有时候仅仅是一碗粗粝的糙米饭，加上一点点肉末或油腥，它就开心快乐，为我们的款待欢呼雀跃，奔跑如风！要是没有吃的，亮亮就昂着脖子等。饿极了，它就埋头呼呼大睡。尽管如此，它从无怨言，也没有想过离家出走。我暗自想，亮亮真好，多优秀啊！

我见过一个富人家的狗，主人每天用上好的骨头和肉款待它，有的时候甚至还做羊汤或者买牛奶给它喝。可是，渐渐地，它除了精肉、细骨，一概不食。再到后来，它挑食到了细中之细、精中之精，超市买的高价狗粮，它甚至连看都懒得看上一眼。对它如此百般照顾，它还是那么慵懒和冷漠，显示出深切的不满和厚重的怨气。

有个朋友给我讲了个故事。在俄罗斯，有个人叫谢尔盖·拉图申斯基耶，他曾喂养了一条名叫马斯金诺的猛犬，是多次狗博览会的冠军。他同这条狗和睦相处五年。后来，他结婚了，妻子马琳娜美丽贤淑、生性活泼，热爱动物。可是，马斯金诺从一开始就对马琳娜看不顺眼，经常冲她吼叫，还试图咬她。当他们生下了小乖乖安德烈，这条狗更接受不了。一天晚上，马琳娜正在厨房忙活，小安德烈在院子里的童车上睡觉。突然，院子里传来孩子的一声尖叫。马琳娜跑出去一看，马斯金诺正张开大嘴咬住了孩子的头。马琳娜冲向穷凶极恶的狗，可它变得更加凶暴。安德烈已经不再喊叫。邻居闻声赶来，救出了马琳娜，却没救活小安德烈。当场来的一位医生说，我也是爱狗的人，知道即使最好斗的狗也不会轻易进攻主人家的小孩，更不用说去咬了。为什么会发生这样的惨剧呢？若是主人在家，马斯金诺绝不会如此胆大妄为，绝不会如此疯狂失性。因为狗的等级观念是最强的，当主人还单身时，等级排列主人是老大，狗就是老二。但主人妻子进入这个家庭后，等级就会发生变化，而马斯金诺却不愿让出自己的老二地位，所以它常对主人的妻子马琳娜怒吼。当小乖乖安德烈生出后，马斯金诺更为恼火。过去五年里，它独享主人的爱抚，如今出现了主人妻子和儿子后，它显然被主人淡漠了，所以才做出如此异常的反常举动。

这个故事让我很震惊。可是当我见到亮亮，看到它亲切温顺的样子，看着它摇着尾巴围着我欢喜地转圈，又不由得喜欢起来，舍不得疏远它，更舍不得丢弃它。后来，我读到美国作家杰姆·威廉斯的一篇文章。文中说，一只小狗顽皮滑稽，为主人带来快乐，主人也视它为最好的朋友，甚至把它唤作孩子。就算小狗调皮捣蛋过分了，主人也只是对它摇摇手指说："你怎么可以这样呢？"到最后，主人还得半喜半怒地向小狗投降。主人忙碌的时候，小狗会把家里弄得一团糟，还经常倚着主人撒娇。主人经常带它到公园散步，互相追逐。每天傍晚它都迎接主人回家。这样亲密无间，并没有影响主人后来结婚生子。渐渐地，主人把更多的时间花在恋爱上了，它仍然耐心地守候着主人。它天天摇着尾巴，活泼乱跳的样子，好像为主人的恋爱感到无比欣慰。主人的妻子并不是爱狗人士，可狗总是很敬爱主人的妻子，绝对服从她，千方百计让主人的妻子知道它很爱她。后来主人家添了小娃娃，它也跟主人一起雀跃。因为怕小狗把小娃娃弄伤，主人整天把小狗关在门外，小狗虽然很急，但还是默默服从。主人的孩子慢慢长大了，小狗也成了孩子的好朋友。孩子喜欢它，它也喜欢孩子。

我觉得，狗和人一样，人和人是不同的，狗和狗也是不同的。朋友口中讲述的马斯金诺是一种狗，而美国杰姆·威廉斯笔下的狗又是另外一种狗。

而我坚信、我疼爱着、喂养着的亮亮，就是杰姆·威廉斯笔下的那种狗。我如果不在家，它就会在家门口坐立着，等我回来，就像当年祖母每周六在村口巴望着我回家。它摇着尾巴在村头迎接，见到我就蹦跳，两个前爪向我身上扑，亲热一阵后，就在前头跑，引领我往家里走。

我每次出门，亮亮总是千方百计地缠着我，跟着我，我走到哪它都跟着。一年冬天，天正下着雪，我要上山砍柴，亮亮一定要跟我去，赶都赶不回去，我就装作不走了，回到屋里，趁它到别的屋子里玩耍时，我跑出了屋，直奔山坡。我想，这下亮亮肯定追不上我了。可就在我得意自己摆脱了它的时候，回头一看，亮亮正从山下狂奔而来，雪快齐到它的胸了，可它的前肢像破浪一样将雪劈开。见此，我是又高兴又气恼。

记得还有一次，我和同伴一起去县城打工，亮亮十分敏感，看我拎着行李，知我要出远门，便紧跟不离。我走的时候，它悄悄尾随身后。无奈，我让妈妈逮住它，之后，我才上了汽车。车开动时，我看见它面对扬长而去的沙尘，满眼迷茫，定是不明白我为何无缘无故地抛弃了它吧。汽车在蜿蜒的山道行走，路上却出了毛病，全车人下来在路旁等候司机修理车。大约修了半个多小时，车终于修好了。正当大家要重新上车时，我突然发现亮亮坐立在汽车跟前，伸着舌头大口大口地喘息，直望着我，那眼神分明是在哀求我带它一同上路，哪怕远走天涯，它也不怕奔波。它的一身灰尘告诉我，它是一路跟着路上汽车扬起的灰尘追来的。家里到修车地点，足足有十多里地啊，它竟然就追到了！幸亏车坏了，停下来修理，不然亮亮还要跑更远的路。倘若它追不上我乘的车，找不到我，它又回不了家咋办？弄不好会被狠心人逮了杀掉吃了，于是，我只好带着它一块上车了。

亮亮虽然不是名狗，也不是狗博览会上的冠军，但它身躯矫健、丰满，身上的毛乌黑油亮，两只眼睛炯炯有神。三岁后的亮亮再也不是当初的小不点，再也不用怯怯地遛墙根了——它走起路来大步向前；小跑时，尾巴高高地翘着，头高高地昂着，四蹄翻滚，放大了看，活似一匹神采飞扬的战马；猛跑时，两只耳朵紧紧向脑后贴伏着，尾巴向后拖着，好像它也明白阻力的

原理。

让我永远值得夸耀和不能忘记的，是亮亮看家护院的本领。一个秋末的晚上，我领着亮亮闲遛一圈回来。刚走到家门口，亮亮就警觉起来，伸着脖子东闻闻西嗅嗅，一副发现"敌情"的严肃神情。它猛地向上一跃，翻过家院的矮墙头，我还没来得及开院门，它就蹿到了院子里。亮亮凶巴巴地吼叫，原来是两条贼头贼脑的黄狗，正在猪圈旁偷吃，它们发现亮亮后，立即狼狈逃窜。亮亮的勇猛和警惕性，真是一点儿也不亚于人。

后来的一天，我终于离开了亮亮——为了生存和发展，我还是决意要离开偏僻的乡下。临走时，天蒙蒙亮，妈妈送我到村头路口，亮亮也紧紧跟着。我上车了，妈妈对我招招手，亮亮也抬头看着我乘车离去，它的眼神里显然流露出不舍。说来也奇怪，亮亮这次并没有尾随汽车，只是呆呆地在路边站着，昂着头，目送我消失在它的视线之中。为什么呢？也许它觉得不能耽误我的人生前途，可它怎么也不会想到，我这次离家，居然成了它与我的永别。

当我从城里打工回家后，妈妈异常难过地告诉我，亮亮已不在世界上了。妈妈说，我走后，亮亮天天魂不守舍，每天傍晚都在村头路口等我，无论刮风下雨，每天都兴冲冲地去，耷拉着脑袋回。终于有一天，再也不见亮亮回来。母亲到处找，村头、山坡、树林，都不见亮亮的影儿。我心里难过极了。我恨自己没有带走亮亮，奈何我也是只身闯天涯，不知何处是我家。

在过去的岁月里，我因为喂养了亮亮而快乐，也因为失去了亮亮而痛苦。但是它给我的快乐与辛酸，都全部埋藏在我的记忆深处，成为不能忘怀的过去。

第三辑

天涯逐步

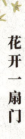

镜泊吊水楼瀑布记

我早已从名画中欣赏过吊水楼瀑布的雄丽姿容，她是镜泊湖中的八景之一，地处镜泊湖出口的最北端。她从极高的山脊上一倾而下，如一面水帘，水落潭中，雾气腾腾，溅起亿万颗珍珠，从画面上来说，独特的色彩令人目不暇接，醉人的水声让人心生渴意——人们只要见到那画面上瀑布的飞动之势，就似听到轰然作响的壮美旋律。

朝霞安静而热烈地依附在湖面上，那薄薄的、淡淡的雾絮在水面上缓缓地浮动着，宛若无数玉峰隐现，玉臂收揽，渐渐地，全心全意地投入到环山绿树的宽阔怀抱，仿佛欲将绿水青山遮掩住，又故意掀开，半隐半露。镜泊湖像一面天然宝镜，此时的她沉醉在晨光中，不愿醒来，不愿醒来……

微微荡漾，闪闪透明，映照着那山、那水、那蓝天、那白云、那苍鹰，给人以一种恬淡的感觉。游艇在湖面上行进了一阵子，转过一座山后，一道宽阔的水面让人却步，人们只能从绿树丛中隐隐约约遥望白茫茫的一片。莫非她丽影胜过西施？莫非她倩影胜于贵妃？还是她别有深情或另有苦衷，方不能以真面目示人？

大约在一万年前，火山喷发后出现了几个自然下陷形成的陡峭巨大的深坑。最大的深坑直径约五百米，深两百米。随着时光的推移，坑中长满茂密的树木。站在深坑口鸟瞰，只见谷底高大粗壮的树木竟如火柴杆一般大小。火山坑四壁，陡峭险峻，犹如刀切，不免使人胆战心惊。扯着绝岩的树枝往下看，顿觉头昏目眩。一行人下至坑底，豁然开朗，只闻鸟鸣清脆，野草丛中时有长蛇乱窜，小鹿惊慌地四下奔跑，真正领略了"地下绿宫之美"。

吊水楼，不似香炉峰"飞流直下三千尺，疑是银河落九天"的绝姿，也不似壶口瀑布"风在吼，马在叫，黄河在咆哮"之威武雄壮。诗人赖积忠曾为吊水楼留下"飞落千堆雪，雷鸣百里秋。深潭霞飞雾漫，更有露漫岸秀"的优美诗篇，她以粗犷的风采和异样的情调将镜泊湖翻转，把满湖的水全部倾倒进深深的峡谷中去了。湖水从上而下飞落，如一个天真的孩童欢呼击掌般扬起洁白的浪花，又似一位临装待嫁的姑娘，闪烁着五彩缤纷的霞光。它迸发出春雷般的响声，气势雄浑而磅礴，豪迈而坦荡。时有一群群携妻带女享受天伦之乐的燕雀飞过，一群群彩色花蝶轻歌曼舞，如同一位位妙龄女郎，用羡慕的眼光追随着合家同欢的燕雀，为瀑布增添了无限生机。

吊水楼被人如此膜拜，缘于一个美丽的传说。相传靺鞨族的一代国王，想选一位美貌的王后，就召来天下的能工巧匠做了一面"宝镜"。这面宝镜，不仅能将天下最美的女子照进去，还能够将她们美丽的容颜深深印在上面，永远抹不掉，如果不是天下最美的女子则怎么照也照不进去。国王派一位道长领着人马，携带大批金银珠宝，拿着宝镜，四处去选王后。

道长走过好多州城府县，相看过许多美貌女子，没有一个女子能照进镜子里去。有一天他来到吊水楼瀑布，顺着哨声寻去，看到湖上的大孤山上晒着一张小渔网，但不见打鱼人。坐着木筏，再往前走，猛然看到水面的石柱上系着一叶小船，小船里坐着一位正在梳妆的少女。青山脚下，红裙耀眼，光彩夺目。道长急令卫士将木伐向前靠拢，将木筏系在另一石柱上，见这个姑娘生得眉俏目秀，面似桃花，腰如细柳，肤光耀人，道长用宝镜一照，姑娘的模样、肤色、体态、神采全部照到镜子里。可是姑娘曾有个誓言，不管哪个来向她求婚，都得先答出什么是世间最宝贵的东西，方能谈论婚姻一事。富可敌国的国王、年轻英勇的武士、吟诗赋词的书生，均回答不了姑娘的问题，最终姑娘抱憾去了吊水楼，坐在水帘半腰石榻上，低头织着羽锦，羽锦化作瀑布。

望着这镜泊飞瀑，我也情思绵邈，感叹大自然的雄伟和力量，感叹造化的奇妙与精美。镜泊湖的"珍珠门""小礁石"就像一袭轻柔飘逸的长发，艳丽动人。传说镜仙湖在远古时期确是仙女嬉戏沐浴之所，而今仙女何在？是回到天上的瑶池仙台了么？是隐伏在湖山深处的绿树碧水中了么？这连绵不绝的飞瀑声，莫非就是仙女婉转动听的歌声？峡谷前那蜿蜒而去的牡丹江波，莫非就是仙女深情明亮的眼神？

伫立崖壁，俯视瀑潭，墨绿色的水里，好像有另一个看不透的神秘世界。传说这潭深无底，下有一尊用铁链吊着的渤海国王的石棺。曾经有人决意探索，潜下水去，但怎么也够不着底，思索之后，他从岩壁上挖下一颗小石子扔了下去，只是清晰地看见石子坠落的样子——石子居然没有笔直而落，而是慢悠悠地划了个圆弧，渐渐没入深处……

突然，一片绿叶飘在我的肩头，又从我的肩头一路飘舞到了潭面，像极了一只小船。我立刻产生了一种冲动，幻想自己似这片绿叶，化为一叶扁舟，与这湖光美景为伴，与这幽静奇崖为侣，一生一世隐居在这空旷清净的世外桃源。我也许像海涅诗中所写的莱茵河畔的船夫一样，为了美妙的向往，而把生命在波涛中埋葬。

莫愁湖边走

"莫愁湖边走啊，春光满枝头。花儿含羞笑，碧水也温柔……莫愁湖泛舟啊，秋夜月当头。欢鼓伴短笛，笑语满湖流……"

一首优美的歌曲，牵动了多少人的情思，也许是到了莫愁湖的缘故，人们更容易触景生情吧，这歌声，在湖面，在岸边，在丛林中，在亭榭旁，到处飘荡。

我去莫愁湖，正是阵雨过后的上午，艳阳照耀着湖山，一切都显得清晰明丽。辽阔的湖面上，满眼都是碧绿的荷叶，像舞女的裙子。荷叶上滚动着颗颗珍珠般的水滴，叶子之间缀着许多粉红的、洁白的莲花，有的袅娜地开着，有的打着朵儿，还有一个个碗口大的莲蓬。微风吹过，送来缕缕清香。抬头远望，湖的对面，郁郁葱葱、叠翠繁茂的是清凉山，巍巍屹立、闻名遐迩的是石头城。轻烟薄雾之中，远山近湖，云影飘忽，再伴随着那甜蜜、愉快的歌声，把人引入了醉乡。

我沿着湖岸边的林荫小道边走边想，人们为何如此痴迷这首歌呢？是因为这首歌的词曲优美？还是《莫愁女》一剧带给人遐思的缘故？是，又不全是。戏剧影片上的《莫愁》被作者写成了林黛玉第二，而历史上的莫愁女与林黛玉的性格、家世、经历都是不一样的，她有许多别于林黛玉的独特的地方。

我在莫愁湖郁金堂两侧的赏荷厅看到了莫愁女。据说古代的莫愁女就住在这里，所以人们在这里为莫愁女塑制了一尊像，青丝高挽，眉宇灵秀，智慧的双眸凝视着倒映在水中的湖光山色。莫愁女神情平静，身姿飘逸，是那般的圣洁，仿佛披着朝霞，裹着彩云。我暗暗惊叹雕塑者对莫愁女形神的高超表现力。

碑上镌诗曰："河中之水向东流，洛阳女儿名莫愁。莫愁十三能织绮，十四采桑南陌头，十五嫁为卢家妇，十六生儿字阿侯……"

相传，莫愁女是五代宋齐间洛阳人。她勤劳、善良、聪颖、美丽，但家境贫寒。父母因盼望爱女日后不再为生活的艰辛而担忧，才给他取名莫愁。在莫愁长到十四五岁的时候，她的父亲不幸去世了。上无片瓦、下无立足之地的莫愁，为了尽孝，只好卖身葬父，辞别故里，远嫁建邺。尽管夫家很富足，但莫愁像一株清莲，从不因衣食丰足而使婢唤奴、养尊处优，没有忘记自己先前贫苦的身世。婚后一年，她的小宝宝出世了。就在这时，胡人北犯，狼烟四起，田园社稷面临倾覆。莫愁深明大义，毅然送夫从戎，鼓励夫君驰骋疆场，保家卫国。

在那北疆战事紧张、家书断绝的日子里，莫愁背倚南窗，挑灯劳作，忧国思夫，怀念家乡。年复一年，莫愁哪得不愁啊，可她把满腹愁绪深深埋在心底。她冒着急雨，把攀崖采撷来的草药送给邻居老阿婆，阿婆眼角的细纹像在秋光中抖开的菊瓣，脸上露出欣慰的笑容。她顶着风雪，把自己积蓄的钱物送给孤儿，孤儿那蜡黄的小脸儿上立刻呈现出两个甜甜的笑窝……

而爱财如命、心狠如蝎的公公卢员外，却丧尽天良地诬陷莫愁趁夫君不在家时做了不轨之事，并将莫愁逐出卢府。莫愁含冤莫名，何处存身呀！

郁金堂烛光幽暗，伴着莫愁和她小儿的孤苦身影。时间啊，怎么过得这么慢！夫君啊，何时才能回来！在封建社会中，女子一旦背上了行为不轨的名声，到哪里都会遭到人们的白眼。她跳进黄河也洗不清呀！

一天，朔风悲凄，天地无光，好似在控诉着人世间的不平。莫愁眷恋地吻着儿子，情深意长地望着郁金堂的一切。突然，她两眼射出愤世嫉俗的光。苍天啊，你为什么这样善恶不分！人间世啊，你为什么有如此多的不平！莫愁宁愿葬身于绿水芙蓉之间，也决不屈服于恶势力。站在湖边，她沉默良久，终于跳入了清波之中。湖水激起一片涟漪，风儿呜呜送来悲泣。莫愁去了，莫愁是含着恨去的，是带着与人世间丑恶现象不共戴天之仇去的！

这动人的传说，使我意往神驰，我反复沉思这个故事，不能自已。我久久地在湖畔徘徊，久久地在塑像前凝眸、沉思："莫愁啊莫愁，是非千秋，世人自有薄厚。"在那昏暗无道的年代，在那女子没有任何权利的时代，你把个人的忧愁隐在心底，时刻想着社稷的存亡、民众的苦难，"先天下之忧而忧，后天下之乐而乐"，你的精神与山河共存、与日月同辉。想到这里，我又恍惚觉得莫愁女的玉雕在凝神远眺，她盼望战乱早日结束，盼望夫君早日回家。莫愁啊，你那顾盼的秋波，莫不是在为我中华至今尚有宝岛未归而忧？是啊，昔日你送夫君驰骋疆场，抵御外患，今日你岂能对祖国仍未统一而心甘？

　　忽然，从亭西月洞门外传来声声歌吟。它不似进行曲一般雄壮，也不似少儿歌曲那样清脆，委婉中揉着深情，忽高忽低，或抑或扬，轻时如缕缕清风飘过耳际，重时似咚咚泉水流溢耳边。啊！这不就是莫愁女的歌吟？莫愁没有离去啊！你看，一群姑娘过来了，她们跳呀，唱呀，是那么欢乐、愉快，这更使人觉得，莫愁女就在湖上的无数妙龄女子之中。望湖上烟水苍茫，白衣倒影，莫愁女呀，她在人群中笑出了声。看着眼前这些幸福的游人，听着青年男女清脆甜蜜的笑声、歌声，我脸上绽出了由衷的笑容。

　　留个影吧，摄下莫愁女美丽的姿容，摄下莫愁女高尚的品德，也摄下子孙万代对莫愁女缕缕缠绵的幽思。

　　我要离去了。我向莫愁女投下最后深情的一瞥时，我在心里默默祝愿，祝愿蓝天永远在湖面上，祝愿太阳永远在蓝天上，我希望，从今以后莫愁女再莫忧愁。

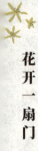

微山湖晨晓

　　天还黑蒙蒙的时候，我就踏上了去微山湖的路。一条曲曲弯弯的小径，被萋萋芳草半浸半掩着，在我的脚下，显得那般幽远，那般纤细。整个大地静极了，除了夏虫不时发出"唧唧"声外，什么也听不到。周围的一切都是模模糊糊的。可我并不觉得清寂、孤独，反而感到有一种说不出的自在、安然和舒心。

　　湖边到了，我徘徊在湖畔，望着那还被黎明前的黑暗笼罩着的朦朦胧胧的湖面，万般情思油然而生——是首次来微山湖的激动，还是对它的思念呢？

　　最先牵引起我的情思的，是电影《铁道游击队》中的主题歌："西边的太阳快要落山了，微山湖上静悄悄，弹起我心爱的土琵琶，唱起那动人的歌谣……"

　　歌声是那么悠扬，那么婉转，充满着革命的激情，洋溢着生活的欢乐。正是这首歌，使童年的我对微山湖产生了强烈的向往。过去，每每唱起这首歌，对微山湖的神往之情不由自主地从心底泛起；每每想起微山湖，又总是不由自主地击节唱起这首歌。现在，真的到了微山湖了，我能不唱吗？我唱了，我为此自豪。这动人的歌谣，从我激动不已的心胸里飞了出来，飘向广阔的湖面，飘向芦苇荡，飘向莲花丛，飘向微山岛……

　　几十年前，在那夕阳西下的傍晚，在那风雨交加的黑夜，在那晨曦初露的黎明，在这一千二百多平方公里的微山湖上，曾经发生了多少惊心动魄的故事。从一九二九年湖区建立第一个党组织起，到新中国诞生，这里的人民进行了不屈不挠的悲壮斗争。当国民党反动派实行白色恐怖的时候，当日本帝国主义铁蹄践踏中华大地的时候，多少英烈为保卫家园而英勇地献出了生命！

记得一本书上记载了这样一个故事。一九四二年，日寇纠集了三万多人扫荡微山湖。微山湖游击队把几丈长的鸭枪埋伏在芦苇荡里，单等日军的汽船靠到跟前，鸭枪一齐怒吼，敌人的汽船就立即变成了死乌龟，连同船上的鬼子一起沉进了湖底。女游击队员驾着小船采菱角，遇上日军装出害怕的样子，纷纷跳到水里四散隐蔽，把敌人引进了"鱼钩阵"，锋利的鱼钩深深刺入鬼子的皮肉，弄得他们逃不脱、滑不掉，求生不得，欲死不能，只好乖乖地缴械投降……

黑暗悄悄隐去，天空呈现鱼肚白色。啊！太美了，湖面上的各种美景，把我的思绪拉回到现实中来。你瞧，一片片鸭群，一层层网箔，一缕缕炊烟，一声声渔歌，还有那青翠欲滴的荷叶，笼着梦幻般云翳的苇荡……但最能引动我的，是那湖面上忙碌的渔船，远远看去，风帆一片，辽阔的湖面变成了船的世界，船上的渔翁和姑娘们，有张钩的，有拉网的，有下篮的，鱼儿泼刺的声响清晰传来。他们都是半夜下湖的，这时边收鱼边互相吆喝着，大概是在问一夜的收获吧！

稍待一会儿，我登上了一条收完鱼的船儿，向微山岛驶去。这会儿，东方亮出了两抹深黄色的波光。天色越来越明，满湖的波光很快扩展成一大片金色的朝霞，像一团团火焰在燃烧，像一匹匹野马在奔腾。一会儿，那通红透亮的火球，就从遥远的湖面爬起来了，水淋淋的，仿佛是从水底升起来的。稍顷，火球变得光焰灿烂，望去使人心摇目眩，神往不已。

船儿轻轻地划，风儿轻轻地吹。夏日，微山湖的早晨非常清凉，而且空气中还飘着清香。湖里的鱼儿优哉游哉，几十条几十条地在一起，结成一群又一群，有的鱼儿红中挂金，光彩夺目。它们像与我相邀同来欣赏湖之清晨，舒畅地在水里游荡，忽地，不知是惊是喜，一下子纷纷逃散，没有跑多远，又慢慢地聚在一起，悠悠地转了一阵，一齐向深处游去，看不清鱼形了，只从那绿澄澄的深处，渍出一片隐隐的红色。

忽然，一条桂鱼浮出水面，后面追来一条细长的水蛇，水蛇三翻两绕，把桂鱼绕了起来。桂鱼不停地挣扎，蛇儿越绕越紧，终于，鱼动弹不得了。

当水蛇张嘴要对桂鱼下毒招的时候，桂鱼猛然一挺，背上硬鳍"唰"地一下竖起，很快就把蛇身斩成了几段，蛇头慢慢地下沉了。桂鱼活跃起来，连连噙吞蛇段。呜呼，真是自然界生存竞争的奇观！

看湖观鱼的档儿，我问起微山湖的传说和来历。我刚一开口，老艄公就滔滔不绝地讲了起来。古代有个人叫殷微子，名启，是殷纣王的庶兄，因纣王昏庸无道，殷微子数次进谏言却被拒，殷微子认为纣王不是一个有远见的皇帝，于是，卸甲之后来此隐居，死后葬在岛西端的凤凰台上。后人就在此处修建了微子墓。相传墓碑上面"殷微子墓"四个篆体大字为汉丞相匡衡所书。后来这一带被大水吞没，只剩这座小岛露出水面，微山湖、微山岛便因此得名。

稍顷，老艄公又说："微山岛上还有张良墓。""张良墓为什么在这里？"我问。他说："春秋战国时期，这里正西三公里处是个极其繁华的中等城市——留城。汉高祖六年封张良为'留文成侯'，张良死后就葬于此地。"原来，微山湖一带为汉高祖刘邦和他的大臣张良、周勃、樊哙、曹参、萧何等人的发迹之地。就在张良墓的西北角，至今还遗存着当年樊哙斩龟煮狗肉的遗址。传说樊哙是个卖狗肉的，他的好友刘邦家境贫穷，天天到樊哙那里去要狗肉吃，一顿就是两三斤，从来不付一个铜板。时间长了，樊哙的生意有些不济。他很生气，却奈何不得刘邦，便悄悄地来到微山岛上摆摊子卖狗肉。谁知两天不到，刘邦闻讯赶来，仍是吃了狗肉，就擦擦嘴，扬长而去。樊哙很疑惑：刘邦分文没有，谁渡他过的河呢？后来，他得知刘邦每次过河都是由一只大乌龟驮送，不由得心生一计。一天，樊哙假惺惺地到微山岛边上接刘邦，只见刘邦正骑着乌龟过河哩！他气得两眼冒火，趁刘邦不注意，抢起卖狗肉用的刀子宰了乌龟，放进狗肉锅里煮了起来，以解心头之恨。刘邦看到了，勃然大怒，夺过樊哙那把刀子扔到河里去了。谁知，狗肉锅里放了乌龟肉之后，狗肉更加鲜美无比，风味独特，樊哙的狗肉名气更大了。据说如今沛县的名菜"龟汁狗肉"就是由此而来的。

听到最后，我不由得笑了起来。笑后，我转而又想，在我们祖国的哪一处没有动人的传说和美丽的故事呢？我拿过老艄公手中的桨，有力地向微山岛划去。

这时，太阳已升高了。碧波荡漾的微山湖一望无边。湖水莹绿，菱角叶在水面上晃晃荡荡，打着漂儿，像绿色的星，莲叶懒洋洋地晒着太阳，湖上的野鸭子嘎嘎叫着，拍打着翅膀，一些打鱼归来的小船吱吱呀呀地划着桨，还有一些运输船，响着均匀的棹声，一条跟着一条，牵成一条线，摇进苇草丛中一条条水道里去了……

南国明珠

很长一段时间，我都没有能够从桂林的山水中走出来，如同饮一杯芳香无比的醇酒，时时处在忘我的微醺之中，心里充满了惊叹和赞美，一串串感叹号从我肺腑深处不断地往上冒。没有去过桂林的人，无论如何也想象不出桂林是何等壮美。

桂林的山不是高大雄伟，连绵起伏，而是突兀峥嵘，拔地而起，旁无延缘，属于山家族中的另一支派。君不见，那被称为"南天一柱"的独秀峰，孑然独立，直插云霄。早晨，峰顶披满绚丽的朝晖，簇拥着朵朵红霞，颇似一个手捧鲜花的战士。叠彩山那层层横断的石山体，在阳光的照射下，就像一匹匹闪光的彩缎；从山脚下望去，就如一幅幅从天上垂下来的七彩画卷，而生长在悬崖间的奇株古树，又给这画卷添上了无限的生机。如果登上桂林城中的伏波山，蔚蓝的天宇下，整个桂林大街小巷、路柳庭花都会尽收眼底。纵目远眺，千山万壑就像海浪一般从远处奔涌而来，远山淡得像云，有的为薄雾所缭绕，让人分不清哪些是山，哪些是云，以致错觉山似云、云又似山。环顾近山，则出现千姿万态的形状：七星山，恰像天上的星星洒落人间，永放光芒；老人山，那神态则像一位长者在眺望桂林仙境；象鼻山，好比一头大象，饱饮江水，正欲浮渡漓江；骆驼山，则又像头如负重任在一片绿海中遨游的骆驼；斗鸡山，则似鸡摆出欲斗的架势，展开一场永无休止的争斗……

桂林的美一半在诸峰的秀丽奇绝，一半在漓江的晶莹碧绿。"云似山城似水城，水绕山环桂林城。"登上叠彩山的明月峰，居高临下，一湾碧绿的漓水，从东北无边的群峰中闪出，刚刚露出她绰约的身影，又被一座青峰遮住了，然后，几经弯曲，好似摇动着来到明月峰下，尔后向东一转，夹萝卜洲，穿越桂林市中心，兜着伏波山、象鼻山，向东南而去，正像一条青丝罗带，随风飘动。这罗带在阳光的照映下时而闪着金光，时而镀上银彩，在阳光明月照到的一段，澄清得似一块透明的绿玻璃，江底的世界看得清清楚楚。片片红帆，像镶在上面的一颗颗红宝石。乘船从桂林顺漓江漫游，随着江水的萦回，阳朔会把你引入一个又一个胜境。两岸青山，在阳光的照映下，绿的碧绿，蓝的翠蓝，灰的银灰，各个浓淡有致，层次分明，好比美人头上的装饰，清秀淡雅。而且，许许多多的山都是不同种类的艺术品，她们像鱼、像龙、像鸟、像马、像蚌、像珠璎、像翠盖，像笔架、像珊瑚，像书童、像牛郎、像织女、像老农、像将军，像人的某一状态，或坐或立，或迢望或期待……无不带着一种随时可以飞离而去的逸脱神气。从桂林到阳朔这整整一百六十里的风景长廊，看不尽奇峰异石，飞瀑流泉，赏不完烟岚雨雾，美景丽色。

桂林山水构成了甲天下的仙境，是大自然的万古杰作。大约在三亿二千五百万年以前，现在的桂林还是一片汪洋大海。此后，经过多次地壳运动，大约在一亿八千万至两亿年前，桂林才脱离海水侵蚀。桂林的石灰岩，原是海洋中生物化学的沉积物。在漫长的岁月中，经日晒雨淋，风化剥蚀，石灰岩出现了裂隙，含有二氧化碳的水流沁入岩隙，逐渐溶解，破坏了原来的地貌，水流越往下渗，溶蚀的部分就越大，开始出现连座的峰丛，继而受到水流的切割变成峰林、峰丛和孤峰，形成现在千姿万态、奇特壮观的景象。同一道理，桂林许多岩洞的奇景，也是由水这位雕塑家，经过千万年，甚至几十万年创作的结果。如果你步入"艺术之宫"的七星岩、芦笛岩，就可以看到这位雕塑家的神工了。这里，一洞琼瑶，万千景象：有的似玉液琼浆，有的似绫罗绸缎，有的似琥珀玛瑙，有的似擎天高柱，有的似广宇层楼，还有的如狮、如虎、如龙、如瓜、如果、如鼓、如琴、如钟、如女、如翁、如童……

浏览桂林，无处不奇，无处不美，到处是诗，到处是画。而且，处处都有美丽的传说和神奇的来历。这些传说和来历，凝结着劳动人民的思想感情和生活足迹，充满劳动人民的智慧想象和对美好生活的期待与追求。

"桂林山水甲天下"的美誉，绝不是人们随便就能慷慨赠予的。高山大河不在少数，岩石洞穴，也不难见到。然而，像桂林这样的水和山，分开来看，其本身就已很有特色，再经过大自然的神匠巨刀，将这样的山和水组合在一起，就达到了更高等复杂的境界，好似音乐由独奏变成了交响曲。

夜航珠江

一轮大而圆的落日，在远处的烟树彩云间慢慢地向下滚动。珠江好像披上了一件由丹霞织成的衣裳，整个水面波光潋滟，晚霭蒸腾。

我在海关钟楼清澈的钟声中，登上了夜游珠江的小艇。

落日隐没了，天色处在橙黄之中。小艇在江面上欢畅地前进，一卷卷、一簇簇浪花围绕着船头、船舷、船尾，发出了甜甜的絮语。那声音温柔、欢快、动听。我仿佛看见有人在远处等着我，等着我……

两岸的长堤盘结着翠色的古榕，气根颇像老人的长须，在暮霭中飘忽。那笔直的桄榔树和巨伞般的蒲葵后面，隐约可见幽暗的红墙绿瓦。花圃中艳丽的芍药有点发紫了，鲜红的一串红，好似一串串鞭炮，即将引燃，噼啪作响。还有些花儿隐约现着招展的清姿和浅笑的倩影，加上两岸林立的高楼大厦，还有江面上的汽笛声声，以及江水拍岸作响的汩汩声，构成了一幅明与暗、清与艳、浓与淡交错的奇妙图卷。

渐渐地，渐渐地，夜色弥漫起来。天上的星星越来越多，闪烁着，和岸上的灯光错落在一起。不知什么时候，月亮已悄悄地升起来了，圆圆的，正落江心。整个江面都被罩上一层白蒙蒙的月色，在这漫漫的柔波里，反射出银光万点。小的游艇增多了，还有许多叶片儿似的小舟，不断在江上穿梭，像竹叶青醇酒似的江水，被划出条条浪迹，宛如鲤鱼翻身时泛起的鳞光。远航的客轮和运货的大轮大都靠岸排列停泊，远远望去，恰似一艘艘威武雄壮的战舰，全是灯光通明，在夜色的迷蒙中，犹如高悬在天空的一串串明珠。在这珠光照耀之下，水上如蜿蜒着一条光怪陆离、神奇缥缈的长长街道。

最让人赏心悦目的，还是两岸那富有魅力的灯光。南岸疏落的灯光，在幽暗中显得缥缈、微茫、迷蒙，远远望去，像大海上明灭如丝的渔火，由于波光摇曳，便随着浪涛起伏，呈现出高低不一、时断时续的样儿，让人觉得那么幽远、空阔、恬淡，给人宁谧、憩静、舒坦的韵味，同时令人憧憬、渴求和神往。而北岸那灯火，绚丽多彩，如节日之夜一般。接天的大厦被灯串鲜明地勾勒出了轮廓。赤、橙、黄、绿、青、蓝、紫，七色俱全，有的宛如天幕飘洒的流苏，有的若同云端开放的鲜花，有的则像宝石镶嵌的冠冕，有的仿佛熠熠闪亮的珠屏。这如林的入云大厦和万盏七色灯光倒映到江里，五颜六色，绚丽多彩，游艇恍如在琼楼玉宇间飘过。让人觉得，这岸上好似天宫，这水中又好似龙宫。我不禁想起了一段古老的传说。不知是哪个年代，有一个做买卖的阿拉伯人，带着一串摩尼珠来到古羊城的江边，忽然明珠飞起，跃入水中。从此，夜晚的珠江上就有了怪异的光亮闪烁。传说自然是神奇怪诞的，但珠江之夜的绰约多姿，确是真真切切。

在富有亚热带情调的南国——广州的秋夜，珠江之畔成了人们一天辛劳后休息的乐园。这里有婆娑的绿树，有幽幽的花香，还有清凉的江风。堤岸上，游人如织，或娓娓倾谈，嬉戏欢笑；或凭栏眺望，游目骋怀；或神色舒展，悠然漫步；或三五成群，席地而坐，借路灯而对弈。看到岸上人们的漫步之乐，嬉笑之乐，对弈之乐，我们游艇上的人也更加欢乐了。孩子和母亲亲昵的欢笑，小伙子和姑娘曼妙的清歌，回旋缭绕的音乐和汽笛嘹亮的鸣唱，在一艘艘游艇上颤动、跳跃，然后袅袅地在船舷消失，飘落到笑盈盈的粼波之上。真是欢歌俏语满江笑！由此，我开始领略到生活中真正欢乐的情趣，不是孤独的、遗世的，而只能在集体之中获取。莽莽苍苍如蛟龙翻滚的珠江，是由西江、北江、东江等多条江河汇集而成的，而这些江河又是由无数小溪汇集而成的，若无涓涓细流的汇聚，岂能有珠江？江亦然，人亦然！

正当我的思绪在夜的高空中翱翔的时候，一颗流星划破夜空，向前面的江心落去。白鹅潭到了。夜，似乎已经很深了。但潭上的一艘艘巨轮仍在闪着红的、黄的、绿的灯光。这色彩倒映在江中，影影绰绰，给皓月星空下的白鹅潭罩上了一层梦幻似的色彩。于是，古老的传说，像水涡似的在江上飘起。五百多年前，当农民起义军领袖黄萧养进攻广州城的时候，一队队兵船开到了白鹅潭。但白水茫茫，不辨方向。正在踌躇之际，一对白鹅蓦然出现在清波碧流之上，为起义军的兵船引水，黄萧养得以率领人马迅速抵达广州城南，以迅雷不及掩耳之势围攻广州城。黄萧养失败回到江边时，望着茫茫白水，前无去路，后有追兵，无可奈何的时候，那一对白鹅又在碧波之上出现，载着他飘然而去，隐没于烟水茫茫之中。

游艇出白鹅潭，顿然觉得水天那么空阔。原来这儿是西江、北江和东江三条内河航运的枢纽，是珠江江面最宽阔的地方。此时月挂中天，天空明净得像一块蓝色的大理石，星星稀稀落落地嵌在大理石上，忽闪忽闪的像一些细碎的云母片。这里的江水却没有天空那么静穆，波纹比市区内河大得多，水流也湍急得多，在灯月交辉下，浪涌滔滔，颇有月涌大江流的气势。只有我才猛然意识到，我是漫游在历史的大河上。

珠江，是中国境内第三长河流。浮游其上，看烟波浩渺，浪涌滔滔，不由想起《珠江之歌》来：珠江啊珠江，忆昔秦皇大略，为你开拓边疆。百代英豪崛起，为你血战强梁……是的，珠江，是中国近代革命的摇篮。一百八十多年前，震惊世界的鸦片战争就是在这儿爆发，中国近代反帝斗争的大幕就是在这儿揭开。这儿有过敌人极度残酷的镇压和屠杀，然而在珠江的上空也无数次地响起胜利的雷声。这里发生了世界史上规模最大、历时最长的一次罢工——省港大罢工，这儿诞生了东方第一个城市苏维埃政权——广州苏维埃政府，这儿还培育和产生了许多叱咤风云的将领和英雄……

珠江，就是这一切的见证者！缅怀逝去的英烈，我们感到肩上担负的重任。我们怎样才能无愧于先人，而使明天更加美好呢？

几声嘹亮的汽笛把我从历史的深处唤醒。此时，南风习习，月色正浓，但珠江两岸的游人已经稀疏了。伫立艇首，瞩目江流，珍珠般的憧憬，锐意进取的激情，充溢我的心胸。

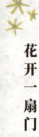

梦里同里

一

……与水同飞，唯有梦境，唯有仙女，唯有同里。

如一场小雨般，跃入同里的那一幅水墨画中。我知道，我只是其中的一滴雨水，但这就足够了，因为这样的方式已经足够将我所有的情思湿透。

水，是同里最柔滑的意象，最滋润的肌肤，同时也是最细腻的表情，在光和影的互动之下，仙女动人的倩影会出现。尤其是一条小船荡入梦中时，那种情态才更加饱满，以致令人神魂颠倒。这又是怎样的一种情致？

那条穿心弄就这样张挂在我的眼前，古朴而又典雅，淡然而不乏诗情画意。抬头仰望，天空是狭长的，窄如一条小巷或小河，弯弯曲曲，潺潺流动，清澈见底，安静而又美好，偶有小鸟或云朵从头顶经过，也是十分甜美。两边明清民居含情脉脉，注视着我的到来。好像一场小雨的足音，也能唤醒她们的温情和梦想乃至期待。确实，多情的同里，每一个毛孔都会呼吸，也很敏感，微风一吹，就能让她们产生冲动。事实上，这是生命力旺盛的表现。

我看见，头枕河岸的同里人，一梦醒来，就摇着轻舟出门去了，轻轻的摇橹声同样如梦如幻而又真实。是的，远在千里之外的我，也做着和同里人一样的梦。与水同飞，与仙女一同摇橹，多么美妙，多么神奇，又是多么响亮，尤其是仙女般款款的身影，圆润而又柔滑，更让我痴痴而梦，浸泡在饱满的河水中……

二

听说，有一种梦境，比真实还真实，如今，我总算相信了。

忽然想起"同里"名称的由来。据传隋炀帝时，有一年，因南涝北旱，灾祸不断，朝廷陷入"无米之炊"的境地。于是，皇上下旨，江南富土每人增缴三斗粮，限十天内缴清，违者将处以重罚。富土乃同里之前称，为避过这场劫难，乡亲们敦请金秀才献良策。金秀才经过几日苦思之后，急中生智，想出拆字法，将"富"拆开，去掉一点，中间分开，变成上"同"下"田"，再将"田"字与"土"相连，使"富"字变成"同里"了，从而达到"安居乐业"之目的，何等巧妙？

继又想到苏州"退思园"的典故。清时，同里人任兰生在朝廷为官时，因镇压捻军不力，遭人参劾，幸有好友左宗棠和彭玉麟暗中相助，才化险为夷，尔后自请解甲归乡。临行前，彭玉麟特意送他一副对联"种竹养鱼安乐法，读书织布吉祥声"，意要任兰生在家乡安安稳稳地过晚年生活。这是何等懂得进退之人？任兰生解职归乡后，花十万两银子建造宅园，取名"退思园"，取《左传》"进思尽忠，退思补过"之意。整个建筑简朴无华，素静淡雅，给人以清澈、幽静、明朗之感。可见，"退思园"的典故和"同里"名称的由来也有相似之处，反映出同里人骨子里都受道家思想的浸染，始终追求恬静的生活。

因此联想到了陶渊明的"世外桃源"，两者可谓异曲同工。陶渊明也曾满怀豪情，不为五斗米折腰，才选择遁居山野，过着"采菊东篱下，悠然见南山"的日子，逍遥自在，但其中不免带有隐士的厌世心态。这点倒是颇令人感慨并唏嘘再三。

大运河的波涛依旧激情澎湃，太湖的湖水也同样在沉思默想。令人欣慰的是，如今的同里镇"退思园"已被列入世界文化遗产名录了，古镇同里也正在申报。相信，不久的将来，同里也定会获得通过，成为世界文化遗产，果真如愿，届时定会引来更多的仙女下凡，共筑美好的梦境，这也是同里带给我的梦想。

三

梦依稀，景依稀，同里同样依稀，寻找另外的精神家园。

一状元、四十二进士、九十三武举人的时代已经过去，但同里人世代勤奋苦读、知书达理、人文荟萃的风气并没有飘逝，反而更加浓烈了。为将同里打造成一张世界级名片，同里人不惜一切去向世界宣传自己，既让自己走出去，也将世人的目光吸引过来，而这需要多大的勇气和信心才能做到？不过，我相信，同里人一定会做到的。

同里古镇原有"前八景""后八景""续四景"等二十多处自然景观，今又有"东方小威尼斯"之美誉。何况，小桥、流水、人家本来就是天造地设，星罗棋布、密如蛛网的水系生态早已将同里带入梦境了。另外还有诸如"九里晴澜""莲浦香风""水村渔笛""罗星听雨"等景观，更是被誉为"蓬莱仙境"。这样的胜景如何不令人流连忘返呢？

同里的一水、一桥、一村弄都能引我入梦，而我凭着经验也能深入其中畅游一番。或许，从轻轻的摇橹声中，我也能听到人们的打鼾声，并将其幻化成大自然的音乐，这就是我内心最大的憧憬，但愿同里还能带我回到一千多年前的过去。我想，对历史的回忆应该就是对未来最大的忠诚，既然如此，就让我们一起畅游同里吧……

荷荡一日

华贵的牡丹，迎雪的寒梅，芳香的茉莉，艳丽的杜鹃，我都喜欢，但对夏之荷花有一种不醒的沉迷。正值荷花飘香时，我如期来到宣莲的圣地——浙江武义祝村。

晨雾，烟岚弥漫，丝丝缕缕，拂面流过，静静的，凉凉的，从朦胧中看到一枝枝荷花立在万绿丛中。随着雾越来越淡，朝霞钟情地把第一缕阳光送给了这万顷碧荷。从荷微露的笑靥看得出，她们正从甜蜜的梦中醒来。她们都梦些什么呢？柳梦梅之梦吗？鸳鸯戏春水之梦吗？她们穿着雪衣霓裳，在水光潋滟的舞台上，亭亭玉立，姿容娇艳，洁净无瑕，清香四溢。

雾，全部散去，朝霞似金，洒遍万顷碧荷，放眼远望，辽阔、深远、明净、幽深，到处呈现着华丽的气象，到处流溢着迷人的芳香。霞衣、雪裳、绿锦，娇丽、清新、淡雅、纯净。有的花苞青里泛白，娇羞欲语，含苞待放，像腼腆的小姑娘，不肯向人展露笑脸；半开的花苞如纯洁的妙龄女郎用白嫩的纤手托着嫩洁的脸盘；全开的花苞则像美丽女子收起最后的羞涩，借了荷叶的绿，舒展花瓣，尽展其丰满和艳丽。黄色的花蕊洋溢着生命的热烈和奔放，花蕊包裹下的细嫩莲蓬则呈现着荷的厚重和沉稳。而簇拥在花蕊旁的荷花，又像刚刚出浴、衣衫飘逸的佳人，还像天空裸体的彩云。粉色的荷，那凄艳诡谲的唇，让多情男子心慌，让时尚女子艳羡。白色的荷，则以出淤泥而不染的洁净，不动声色地摄人魂魄。红粉黛绿的蝴蝶嬉戏其间，一会儿落在这朵荷花上，一会儿又落在另一朵荷花上。

风起了。万顷碧荷，气势浩荡，花枝摇曳，碧叶依依，如云集的仪容娇艳的少年，翩翩起舞，裙袂飞扬。阵阵绿涛，翻腾壮绝，送缕缕芬芳，给人以丝丝清凉。风停了，绿色的海洋平静了，叶面上的水珠滴溜溜地滚动。晶莹剔透、风姿绰约的荷花仙子，收拢起舞姿，恬恬静静地站立在万绿丛中。时不时有青蛙跳到荷叶上，溅起的水花落在绿色玉盘里，滚来滚去。

雨来了。"水光潋滟晴方好，山色空蒙雨亦奇。"荷花带雨别有动人的风情。天空飘着绵绵、蒙蒙的丝雨，悠悠地飘洒在荷塘上方，如青丝浮动，显得婉约飘逸。湿衣看不见、落地听无声的况味，如绸纱沾水的舒缓柔情，深藏着让人体味不尽的宁静的诗情，仿佛有一种缠绵悱恻的暧昧之缘。醉人的、渗透在雨后湿漉漉的空气里的荷香，让人永远体味不够。太阳雨中的荷花，无论是花还是叶，显得更加清新、鲜洁、妖媚。荷叶上滚动的浑圆如球的雨珠，远远近近地闪烁着，像荷叶的眼睛，活了这片辽阔的绿。

我不由自主地沿着荷塘之间的小径，走向荷荡深处。两边伸出的荷叶和青竹湿透了我的鞋袜和裙梢，也湿沾了我的眉毛和头发。此地此景，我心中的诗情与画意一起生长。

望见荷荡水面映照的夕阳红晕，就知又到落霞残照的时分了。夕霭暮岚，夕阳在轻淡的云层后面，缓缓向下隐去，悄然酿造出自己缤纷的梦境。轻雷，若有若无，丝雨，渐行渐远。此时，一段淡淡的彩虹出现在荷荡西边的尽头。荷花、荷叶，显得那么清新、清丽、清艳、清洁。我不由得想起李清照"沉醉不知归路，兴尽晚回舟，误入藕花深处"的名句。是啊！置身此地，谁的游兴能不高呢！正在兴头上，谁又愿回舟呢？那么高的兴头，什么时候能过呢？不回舟，那这舟真不知道要晚回到什么时候了！

夜幕低垂，明月已悬挂在高空了。皎洁的月光泻在阔大的荷荡上，一片一片水面像层层的银鳞。远山如黛，夜空星烁，岸边虫鸣，树影婆娑，风摇清荷，影影绰绰。此时我突然想到朱自清先生的那几段妙笔："微风过处，送来缕缕清香，仿佛远处高楼上的渺茫的歌声似的。这时候叶子与花也有一丝儿的颤动，像闪电般霎时传过荷塘的那边去了。""月光如流水一般，静静地泻在这一片叶子和花上。薄薄的青雾浮起在荷塘。叶子和花仿佛在牛乳中洗过一样；又像笼着轻纱的梦。虽然是满月，天上却有一层淡淡的云，所以不能朗照；……月光隔了树照过来的，高处丛生的灌木，落下参差的斑驳的黑影，峭楞楞如鬼一般；弯弯的杨柳的稀疏的倩影，却又像是画在荷叶上。塘中的月色并不均匀；但光和影有着和谐的旋律，如梵婀玲上奏着的名曲。"

是的，清荷的气息充盈的夏夜，在神秘的磁带里似乎感到莫扎特从这里走出来，舒伯特从这里走出来，柴可夫斯基也从这里走出来。他们所有的音阶，所有感情的高低音域，都输送到同一个频道里，让人走进惬意的旋律中。

风又起了，圆月渐渐地呈出一道晕圈。天不早了，我默默地踏上归程。荷荡一日，虽然身体极其疲劳，但心却一直激动不已。我们都是风前客，一切都会被风吹雨打去。像清荷一样平静、悠然、自在，然后本真、纯净地活着，该有多么美妙啊！这或许就是我喜爱荷花的缘由吧！

北戴河之旅

一

与樱桃和水蜜桃约好
到芍药居相聚
腼腆，调皮，细腻，诙谐……
几个词聚在一起
一下子就把气温升高

从四环到三环再到二环
然后又到京城的中心地带
北戴河的车票被挤压成一朵花
然而就在北京站，我
邂逅一次陌生

像每一次出远门一样
总是要与许多人擦肩而过
连善意的微笑也短暂
可是我却记住了他
因他帮我找回了二十年前的记忆

有一种友情不需要长久
同样能在心里留存
也许偶然的一次邂逅

造就另一种永远

难道这也是一种宿命

回忆的滋味是多么香甜

烤羊肉吃下上百串

可还是没能让我长胖

带鱼的味道真好

怀念伯母的深情

尽管别离我还是心系远方

北戴河，那里一直是我向往之地。如今，我手里终于攥着一张去往那里的火车车票，许久期盼的梦想就要实现。多年来，我日思夜想，盼望有朝一日能拥有这样一张开往北戴河的通行证。现在，我手中紧紧握着来自中国作家协会北戴河创作之家的疗养通知，内心激动无比，就像一只离弦的箭，随时可以飞往心驰神往的北戴河。

朋友九点半从丰台出发，前往芍药居。京城堵车严重，绕了几个弯路，终于在正午时分抵达酒店。朋友贴心备了一大袋新鲜樱桃和水蜜桃，洗净后让我在路上解渴。

距离上车还有时间，原想在肯德基坐坐，却不料人山人海，许多人只能站着吃汉堡。无奈之下，我走进候车室。室内旅客疲惫满面，有的坐在行李箱上，有的靠着墙壁。我在角落里的台阶上坐了下来。

不久，一位浓眉大眼的男子拖着箱子，在我身边坐下。我们互相对视微笑，似乎有了些莫名的投契，原来是要同乘一班车。排队时，他主动帮我提行李，我们攀谈起来。得知我有二十年未联系的朋友在锦州后，他让我耐心等待消息，我喜出望外。果然，没多久他就查到了朋友的联系方式，并告知我朋友现任某报总编一职。

记得朋友当记者时对广东话很感兴趣，我曾将一些常用广东话以汉语谐音的方式翻译过来，并发表在本地一家报纸上。

一个寒冷的清晨，朋友专程开车陪我前往辽中寻访故友。一行人有董霞和潘杰。我们行车半天，中途仅简单吃了些羊肉泡馍就直奔老观坨乡老观坨村。抵达后才知道，朋友的故友不在家乡，于是我们拜见了他的父母和爷爷，很快就着手返回。北方的夜晚来临很早，当我们七点多回到锦州时，天色已全黑。一路风尘仆仆，却也欢声笑语，过往的种种就这样像潮水般涌上心头。

得知朋友现任某报总编的消息，我激动万分，手不由自主地颤抖，心跳也加快了。曾经的日日夜夜，我都惦记着那个让我驻足的北方城市；无数次我北上行走，内心总是向往能亲临那里；我常常猜测朋友的生活状况，虽然知道他出身干部家庭，父亲职位不低。

但岁月易老，许多事并不一定总能一帆风顺。经历了太多突如其来的变故，人的内心往往会在承载不住的重压下变得坚硬。如今，获悉命运眷顾了他，让他不仅健康，前程也美好，我之前所有的忧虑顿时烟消云散。真是太好了！感谢上天保佑所有相识相知的朋友们平安吉祥！

我飞快编辑了一百多字的短信发了出去，仿佛在完成一项神圣的使命。发出短信后，我忐忑不安地等候回音，脑海中回想起一幕幕往事往景。

那时，我们在锦州最热闹的商业街上开了一家售卖当时最先进电器的商店。我们经营的电器比其他店先进高端，有配备高音喇叭的音响、各种功放机和均衡器，还有数百张 CD 和 VCD 碟片，应有尽有。最吸引人的当属那台摄像机，行人经过时能在屏幕上看到自己，让每个人都觉得新奇好玩！看着路人惊奇的表情，我们也由衷地感到满足。

终于，过了十多分钟，朋友回复了我的短信。虽只有几句简单的话语，但已明确表示他还能记得我，并对我今天的突然寻访感到震惊。于是，在那个下午的余下时间里，我们通过手机信息不断交流，一同回顾追忆往日的点点滴滴。这一切就像一个梦境一般，给了我太多意外和惊喜。

北戴河车站通道两侧的广告牌别具诗意："生命的怒放只有一次不重播""天睡我睡，海醒我醒"，字字击中人心。走出车站广场，远处的建筑洋溢着浓郁的欧陆风情。

这条名为安一路的街道，两旁大院有如整装待发的军人，肃穆地守卫着各自的阵地，为一批批优秀人士提供疗养之所。阳光温暖，花儿盛开，树木青翠，天空湛蓝，海面碧绿，整座城市弥漫着浪漫的气息。处处洋溢着诗意风情，悠闲自在，远离了京城的喧嚣与纷扰，仿佛步入了一个梦幻般的漫画世界。

中国作家协会北戴河创作之家，我来了。

二

多么想和你
牵手行走在海边
海边的尽头就是苍茫的天涯
大海的云空里有美丽的浪花
那是我从初春到深秋的幻想
映在蓝天的影子

昔日的梦想
被慢慢苍老的岁月埋葬
我在这漂泊的记忆里寻找
爱人的眼光

不知前方
细软沙滩上
是否风沙弥漫
梧桐树上的信鸽是否仍在

是谁带走了从前的温暖
还有我深深的爱恋
没有人告诉我

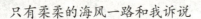

天睡我睡，海醒我醒。

拉开窗帘，一轮火红的太阳映照在左侧玻璃上，我以为那是东边。等趴到窗台远眺，才发现那只是倒映，真正的太阳正从云雾中徐徐升起，如一位裙裾飘飞的仙子，时隐时现。

厚重窗帘被拉向两旁，房间的一切顿时一览无余：崭新、雪白、洁净。工作人员告诉我，这个创作之家重装修后，我们是第二批入住的幸运儿。我住在西侧最高层，窗外有棵与我齐高的垂柳。全新木质家具、白净床铺、洁净设备热情地迎接我的到来，如同重归亲人温暖的怀抱。

院子里核桃树已果实累累，垂垂枝条好似一顶绿色树帐。街边黄花菜次第绽放，随风摇曳，娇媚动人。

在这座浪漫之城，每家店铺的名字都很是诗意：吉平、云屋、海韵、甄馨、维拉、宾尼、华颖、蓝岸、碧海、渔舫、芳菲。沿海步行，常能遇见满头金发的俄罗斯美女，每一个角落都是一道别致风光。大街上，不少俄罗斯女郎只穿三点式，外面随意罩着彩纱，白皙丰满的身材毫无保留。海边细软的沙地上，游人或坐或卧在沙滩椅上，尽情沐浴海风海浪。北戴河海滨设计很有人文气息，铁栅间挂着海燕、救生圈形状的节能灯。夜幕降临，灯火闪烁，极其怡人。沙滩上，人们对着海，喝着啤酒，闲聊家常。偶有飞艇掠过，雪亮的浪花随之起舞。

商场里挂满七彩长裙勾起了我的购物欲。帽子、裙装、鞋子应有尽有，我干脆换了一身行头，一路拍照一路游玩。出乎意料的是，这里的物品价格并不像传闻中旅游区那样贵。

三

年年的雨水
一穗一穗

自天上落到地面

沉甸甸　像闪亮的稻谷

扎入民间的雨水

淅淅沥沥

挂在农历的节气里

像一幅山水画

来自民间的雨水

犹如心头上点亮的香火

净魂涤心

心愿袅袅上升

天睡我睡，海醒我醒。

骤然倾盆大雨过后，树木更加郁郁葱葱，空气更加清新怡人。我们一行人从安一路经联峰路前往集发观光园。

集发观光园是一座集公园、果园、菜园、民俗于一体的大型园区，种植着百余种珍贵观赏植物。步入园中，犹如置身于花的海洋，领略异域风光。硕大无朋的蔬果、形态奇特的瓜菜，足以吸引游人驻足，更加令人惊奇的是它们竟然全部生长在水中，周围没有一丝土壤。热情的导游小姐为我们介绍了"西瓜上树""青菜绕柱"等独特的无土栽培和立柱式种植技术。一种不知名的奇花，棕色藤蔓绑着红绸，整个就像一扇缓缓拉开的纱门帘，仿佛走进了一间刚刚装扮好的婚房

花卉园艳丽多彩，百花香气氤氲。比利时杜鹃、美国金虎、荷兰丽格海棠、哥伦比亚火鹤等名花齐聚，你争我斗。北半球二十多种上乘水果如百香果、龙眼、荔枝、莲雾、枇杷、香蕉、菠萝蜜、蒲桃、芭乐、杨桃等，在这里形成了奇观大聚会。还有开花的槟榔树，满树累累的椰子树，奇特的炮弹树和别致造型的人心果树。一名年轻小伙热情邀我们前往瓜园亲手采摘黄瓜，

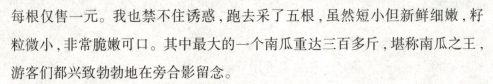

每根仅售一元。我也禁不住诱惑，跑去采了五根，虽然短小但新鲜细嫩，籽粒微小，非常脆嫩可口。其中最大的一个南瓜重达三百多斤，堪称南瓜之王，游客们都兴致勃勃地在旁合影留念。

观光车穿行林荫小道，眼前豁然开阔，出现了一派农家景象，原来我们来到了民俗文化村。几位村民正在切割新鲜核桃酥，旁边摆放着切块核桃酥供游客品尝，几位同行的朋友陆续购买。这些核桃酥包扎得方方正正，外面贴有图案和"核桃酥"字样，最后用细绳绑扎。

一间豆腐坊里，除了免费品尝香喷喷的豆皮，还有热气腾腾的现磨豆浆。木匠坊里，锛刀、凿子、刨刀、锯子、鱼头锯、墨斗、锉刀等工具一应俱全；角尺、直尺、画规、斧头，以及雕花用的刻刀也应有尽有。铁匠坊里，匠人手持小小的铁锤，就能从铁块打制出各式各样的生产工具和生活用品，铁盆、面盆、水舀、油桶、洗脸盆、面皮罗、锅盖、菜刀、铲、镰刀、锄头，应有尽有。

渔民坊墙上满是渔网渔具和各式鱼篓。草鞋坊内，各种草鞋坐垫均由稻草或麦秆编制而成。另一柜内，陈列着上百只古董钟表和老式茶缸，让人仿佛穿越时光。

让我倍感震撼的是《集发园赋》，摘选分享：

时维六月，岁在庚寅，淑风拂野，昊天流云。联峰碧兮松柯举，戴河悠兮波潾潾。千岁名槐舒臂，十载嘉园驰心。欣此桃园胜境，绩在盛世成春。英雄起于村野，田园秀出群伦。集发骎骎之业，膺此荡荡之勋。

日出东方兮霞晔，戴河清漪流泄。渤海雄涛日夜声，长诉群雄创业。犹忆当年歃盟，共富豪情似铁。傲寒霜而对风雪，战炎魔而披星月。功成相期再上岭楼，不负仁义桃园之约。问汩汩如涛兮何以溉名园？男儿热汗兮和心血。问琅琅如诗何以著嘉章？妙手丹心兮绘史页。

日出东方兮霞举，戴河清漪如绮。农家之乐尽备一园，讨得少长皆喜。祖先万古乡风，活现民俗院里，春耕夏锄不违时，秋收冬藏有恒序。勤欤恳欤，劳兮碌兮！观睹何似身临，悠然恍若亲历，都市娇娘坐牛车兮，

平添一段生趣。

日出东方兮霞烂，戴河清漪潋滟。万众趋临兮赏名园，笑靥如花纷绽。或冒盛夏骄阳，挈妇将雏挥汗；或聚三五同好，偕亲引友相伴；或自远埠成伍兮，遥遥驱车寻探；或自异邦专访，万里抟风如雁。或赏或观，或行或恋，或摘或采，或饮或饭，或舞或歌，或讶或赞，或照或摄，或论或辩，或乘或游，或聚或散，或学或研，或歆或羡。凤来仪兮栖梧桐，云来雨兮祛炎旱。客若云兮肩相摩，名如雷兮绩相范。

咏曰：日出东方，戴水生光。祥云化雨，穆野歌扬。锦绣集发，名实相彰。千秋盛业，亦隆亦昌。天人和谐，君子自强。康宁行健，鲲越鹏翔。青山不老，永续辉煌。

四

海滩不是我所要追逐的
尽管在清朝时期，它就是"各国人士避暑胜地"
我的热情来自一种梦想
一种曾经多么不切实际的梦想
如今我来了，仿佛跨过几个世纪
也仿佛一下子就进入了来生

我的梦想是蓝色的
也可能是五颜六色的
当我来到这里时，我的梦突然醒了
不，应该是进入了现实的梦境
我惊喜偶遇，更惊喜重逢
人生最奇妙之处就在于不期而遇

谁能告诉我这是偶然还是奇遇
我漫步在这充满异国风情的大街上
等候那个骑着白马的人

他会突然出现吗，歌声已远
但我还能看见海边的群鸟
还有乘着月色归来的渔船

我静静地站在海边
原谅我经不起对你的思念
那一夜，你的衬衣上沾满荷香
你傲然独立的样子令我神伤
这个时候我才突然明白
爱，其实是有距离的

我无法抛弃对你的冥想
正如时光无法抛弃岁月的依托
我暗中为自己谱好了一首曲子
谁知刚在音符上为自己找到位置
一阵风就从上面呼啸而过
惊动了沿途落英满江

天睡我睡，海醒我醒。

上午游览鸽子窝时，天气渐转阴沉，临近入口处突然狂风大作骤雨倾盆。巨大的海风凶猛无比，吹得我们几乎无法站稳身形。狂风怒啸，滚滚巨浪一排排铺天盖地奔涌而来，宛如千军万马浩浩荡荡疯狂扑击。汹涌的海潮咆哮呐喊，拼命向沙滩冲锋，翻腾着吐出一地白色浪花，潇洒离去。

岸边的塔松树在暴雨中顽强挺立，池中荷花紧贴水面狂放。狂风骤雨肆虐下，大自然狂野凶猛的一面毕露无遗，给人强烈的视觉震撼。

暴雨没有阻碍我们攀登鹰角楼，大家撑着雨伞，踩在木制台阶上，台阶右侧伫立着一块木牌，上有三个字：浪淘沙。

南唐李煜的《浪淘沙·怀旧》："帘外雨潺潺，春意阑珊。罗衾不耐五更寒。梦里不知身是客，一晌贪欢。独自莫凭栏，无限江山，别时容易见时难。流水落花春去也，天上人间。"

这首绝句抒发了他在被俘后对往昔时光的无限追忆与怀念。

窗外细雨绵绵，春意将残。羽络薄被挡不住五更清晨的寒意。在梦乡中，他竟然已忘了自己是被俘的客人，还沉浸在当年华美宫殿里的欢娱时光，不愿醒转。独自站在窗栏，眺望江山无际，不禁想起当年和爱人分别时的情景，当时以为将来容易重逢，却不料如今就这样形单影只，难以再见。

飞花流水，春光已随时光逝去，但是人间与天上的美景依旧如故。诗人思绪万千，不禁对比现在和从前的遭遇，内心无限哀凉。他怀念起当年在宫中与爱妻娥皇的幸福生活，娥皇不仅国色天香，而且才情出众。然而好景不长，娥皇染恙，妹妹进宫照料后，反而和李煜纠缠不清，致使娥皇愤恨万分，最终含恨离世，令人扼腕痛惜。

五

千年万年
海不枯石不烂
听惯了太多的甜言蜜语
不再羡慕与相信

潮起潮落
一日又一日
一年又一年
更珍惜相视无语

浪花互相激吻
飞鸥互相嬉戏
灵魂的对话不需要表达
一切都回归自然

天睡我睡，海醒我醒。

长城横亘在中国北方辽阔的土地上，宛如一条巨龙盘旋于起伏的群山之巅，气势磅礴，庄严雄伟。老龙头依山襟海，长城耸峙海岸。澄海楼上有明朝大学士孙承宗所书"雄襟万里"和清乾隆皇帝所书"澄海楼"匾额。自澄海楼南下三层城台有一独耸的石碑，镌刻着"天开海岳"四个苍劲的大字。游客犹如海潮，一浪接一浪，几乎没有转身的余地，纷纷站在老龙头的石碑前留影。

满以为从老龙头可以直接下到沙滩，其实只能按原路返回，面对波涛汹涌、云水苍茫的大海，只能无可奈何地走起回头路。"长城万里跨龙头，纵目凭高更上楼，大风吹日云奔合，巨浪排空雪怒浮。"从老龙头到天下第一关仅需十分钟车程，站在城楼上，雄视四野，可俯视山海关城全貌及关外的原野。经过两千多年的风化，当年的长城砖块已不复存在，我脱下鞋子，赤脚走在长城上，梦想与历史近距离接触，只是脚下踩的已然都是 1987 年重新铺就的砖了。

鹿因角毙命，象因牙丧生。秦始皇一声令下，铸就万里长城，创下丰功伟绩，但也铸就了孟姜女哭长城的悲剧故事。据说，其寻夫哭塌长城，感动天地，露出丈夫尸骨。她能够令秦始皇给万喜良立碑、修坟，采购棺椁。出殡那天，万喜良的灵车在前，秦始皇紧跟在后，披着麻，戴着孝，当了一回孝子。尽管如此，孟姜女对暴君秦始皇之"青睐"依然无动于衷，她最终跳入大海也不愿享受令她厌恶的荣华富贵。

六

北戴河，在作协疗养院
我有幸遇到了作家王蒙
并应邀与他合影留念

我心目中的王蒙

就是面前的亲切模样
毫无半点架子

他就住在对面的那幢小楼里
除了三餐定时能够看到他的身影
其余时间他都在奋笔疾书

当我与他合影时
鸟儿歌声悠扬
北戴河的天空仿佛刹间明亮

最真挚的尊敬是面对面
最纯洁的心灵是敬慕
一个签名让我感动一生

一次不期而至的偶遇
足以让生命更加闪耀
正如那简洁的寄语

天睡我睡，海醒我醒。

从远处望去，联峰山的山势形似莲蓬，因此被称为莲蓬山。在莲花石旁边，有一块石碑，其正面刻有时任民国第三任大总统徐世昌所撰写的建园题词《题莲花石》："海上涛头几万重，白云晴日见高松。莲花世界神仙窟，孤鹤一声过碧峰。秦皇汉武一刹过，海山无恙世云何。中原自有长城在，云壑风林独瘼歌。"这座山不是因为其高峰而得名，也不是因为其秀美而著称，而是因为曾经有许多伟大人物在此居住过。毛泽东、周恩来、刘少奇、朱德、邓小平等老一辈革命家都在这里留下了许多感人的故事。随着共和国的历史发展，这里承载了无数人物风云和历史事件，给人们留下了无限神秘的向往。

我们一路以缓步上山，作家蒋夷牧先生一直在我们身边不断教海：走走，看看，停停，想想。这短短八个字，道尽了人生哲学。他的背影仿佛年轻小伙子，步履矫健，古稀之年不显疲惫。这里，我摘取他的一段诗：太阳升起来了／儿子背起他的大书包上学去了／妻子描画好她的眉眼上班去了／老爸提着他的宝剑晨练去了／老妈挎着她的菜篮子买菜去了／幸福就这么简单／幸福是她每天为我削的一个苹果／幸福是我悄悄为她选中的一条项链／幸福是一生说不完的家常话／幸福是一桌吃不厌的团圆饭。

听说，蒋夷牧被邀请到德国开讲座时，他计算了一下，那次讲座正是他的第 200 场讲座。不久后，他又要离开疗老院，回到上海，并前往俄罗斯开讲座。这之后很久，蒋夷牧的笑声与儒雅，一直徘徊在我的心中。以前参加旅行团，常见年轻人当众亲热温存、恩爱甜蜜，可也可能瞬间反目成仇，争吵打架。而唯有经过岁月的磨合，直至白发苍苍、步履蹒跚的老人，方能相互依赖，宽容照顾。青年人之间是火与火药的亲吻，年长者之间是春风与柳条的携手，虽然各有各的风景，但我更愿意看年长者的漫步。

攀爬到望海亭上，整个渤海一览无遗。蓝天碧海、波涛闪亮、蜂飞蝶舞、知了欢唱。通往观日岩的半坡上，尽是青青郁郁的草，那么的蓬勃，那么的苗壮，在清风安抚下，飘扬着如同妙龄少女般的秀发。曾几何时，我牵着牛，渴望寻找到这样的青草，嫩细、汁浓、清香，无论是对于牛羊还是兔鹅，都是最有营养的佳肴。可是，当时我身旁的青草，往往长不到一寸，因为它刚刚长出来，就会被一群又一群的家畜啃食一遍又一遍。望着这苗壮的青草，我非常喜欢，我温柔地抚摸着它柔绵细滑的草头，不忍践踏。旅游区的青草们是草中贵族，它们不会丢失年轻的生命，它们可以自由地生长或凋零，而我感到很欣慰。

七

是谁吹响的魔笛

又是谁在海边歌唱

我独自在海边

散步

这个时候

围在脖子上的纱巾

不小心飞了

我追啊追

追啊追——

突然，纱巾化成了

一群白色的海鸥

在海面上飞翔

我听见了

那声音是海风在呼唤

而这里就是

传说中的仙境

它的名字叫

——北戴河

天睡我睡，海醒我醒。

我还记得，那是 1991 年，我第一次坐船。我从广州西堤码头乘船去厦门轮渡码头。整整三十六小时的海上旅程，我买了二等票，和三个人挤在一个房间里。虽然狭窄，但还是挺舒适的，就像火车上的软卧，有上下铺。我永远忘不了那一片蔚蓝的大海，波光粼粼，还有甲板上兴奋欢呼的游客，还有独特的卡拉 OK 厅。这些画面让我终身难忘。

此时此刻，我的心情犹如船底的海水，激荡、奔腾、涌动着，化为朵朵浪花、层层波涛。假若我是海中的一滴水，我愿成为巨浪之下，游船翱翔；让鱼儿畅游自如，让珊瑚悠然成长。若我化作一片云，我愿飘荡在我爱人的城市上空，为爱人遮挡烈日的炙烤。

北戴河的每一朵浪花，都是我深情的心事；每一滴雨水，都是我内心的情感。山海关的每一块砖石，见证着我永恒的追求；秦皇岛的每一栋别墅，象征着人们的幸福。我来到这里，酷暑减退，大地为我而欢喜，北戴河定会为我融入美好的风景。

日月忽其不淹兮，春与秋其代序。

手上的餐券，从厚厚一叠逐渐变成薄薄几张，每用一张，心里都会涌起一阵疼痛。这意味着我们离开的日子越来越近，意味着我即将告别这个天堂般的大家庭。这些大哥哥大姐姐们曾给予我无尽的关怀和温暖，我们共同乘车、共同攀登、共进晚餐。尽管他们大多已是年逾古稀的作家前辈，但他们一直照顾着我，我羡慕着他们，看着他们和伴侣手挽着手，心中感慨万分。

晚饭后，我独自走上步行街，街上歌声悠扬。一群穿着相同休闲装的女性在激扬的音乐下有节奏地锻炼，周围的人或驻足观看，或坐在旁边的墩子上悠闲欣赏。突然，远处传来清亮的歌声，我以为是城市中的艺人在演唱，走近后才发现，原来是一群白发苍苍的老人，他们在一起吹拉弹唱。一位年逾古稀的阿姨站在人群中央，手持着话筒，自如地一首接着一首地歌唱着。每当一首歌结束，观众们都会热烈鼓掌，随着掌声越来越响，阿姨的歌声也变得愈加温柔、动听，令人陶醉。

我遇见了一个自称倒数第一剪的剪纸艺人。他在岸边摆了个小摊，当我经过时，他立刻开口说："剪个纸影吧，你五官这么美。"我习惯了街头艺人的套路赞美，没有停下脚步，只是稍微放慢了脚步。然而，一个多小时后，当我再次路过他的摊位时，发现他仍然孤身一人。于是我主动对他说："好吧，我来了，给我剪一个纸影吧。"他让我站好，拿出小剪刀和一张黑白两面的卡纸，转眼之间，他就将剪影交到了我的手上。

我见过北京后海、大连海边、香港旺角的剪影艺人，但都不及眼前这位师傅的手法熟练。我再次钦佩他的技艺，让他再剪了五张不同侧面的剪影。当他把剪影装进夹本时，我和他聊了一会儿。原来他已经从事这个行业二十七年了，剪男士的一般只需三秒，女士因为长发复杂，所以需要十秒。他介绍说，他实际上主营画像，建议我画一张，我说我先生也略懂画，主要画速写，国画油画也会一点。于是他说那很好，让他经常给你画，人是越画越漂亮，他的话，听得我心花怒放。他还说他身边围观的人愈多灵感愈强，就像车轮，轮子滚动快车子才前行得快。他的手掌和手指上布满了茧。在我离开时，他忙着收拾摊位，说一般每天八点就回家，因为摆摊处离他家还有十几公里的路程。

八

不要轻易说出这座城的美丽
波涛涌来海水的气息
充满雄性的味道

不要轻易叫出那朵花的名字
经过它的身旁小心翼翼
每次看见它的身影都会想起曾经有过的暴风雨

答应我
把重生的希望交给我
那是一次刻骨铭心的等待
列车经过的轨道
崭新锃亮
彩虹在远处的山边隐现

这座城的上空始终有一个声音回响
春天像候鸟一样在飞翔

天睡我睡，海醒我醒。

仙螺岛位于北戴河与南戴河之间的海滨，这两地仅隔着一条河。河并不宽，50 米左右。从北戴河过桥后，便来到了南戴河。一踏上南戴河的土地，远处便可见一条长长的索道，连接着对面的岛屿，那就是仙螺岛。听说，仙螺岛是一座人工岛。乘坐索道登岛的游客，大多是情侣或家庭。有些人带着父母，有些带着孩子，还有年轻的情侣。入口处的长廊挤满了游客，大约有三百人。仙螺岛位于南戴河一侧近海一公里处，这个岛据说是依据海螺仙子这一民间美丽传说而建成的，该岛以 1038 米长的索道与海岸相连接。整座索道悬在海空，人坐在上面，脚底是碧海，头顶是蓝天，走完整个索道的全程，大约需要一刻钟。由于我是独自一人乘坐，所以不敢回头看。高空的感觉让我仿佛漂浮在海面上，体验到了与平常不同的感受。

距离下索道尚余百米时，岛上喇叭里传来"端正坐姿，笑颜拍照"的提示，这是商家捕捉游客难得一游仙螺岛的心理，特地在此用数码相机为游客拍摄照片，可立等即取，由于是专拍游客下索道的景象，比较有纪念意义，所以游客大多都买下以做纪念，每张 10 元。若以每日游客 3000 人计，以百分之五十的比例计算，一天下来，拍照人的收入是 1.5 万元，一个月下来就是 45 万元，一年以八个月的旅游季节计，这笔数字是多么的丰厚啊！

一下索道，我就见到海螺仙子喷泉，一个体态绰约的海螺仙子雕塑在池水中间。传说中海螺仙子的故事家喻户晓：很久很久以前，南戴河有一户单姓渔民，在海里捕捞到一个很大的海螺，回家后，渔民把海螺放入盆中，只见盆中的海水一下子被映出五颜六色，就像开了一片奇异的花，让人心旷神怡。一天，夜暗星稀，细雨蒙蒙，单姓渔民父子俩因操劳体累，都昏昏睡去。盆里的仙螺彩光频闪，随彩光出现了一个亭亭玉立的女子，女子眉清目秀、黛发油亮，十分靓丽。这之后，海螺女常常幻化为人形，专门替苦难的渔民治病、送粮，还冒着风雨搭救了很多遇险的落水者。后来，渔民的儿子海娃和海螺女在简陋的房子里结成了夫妻。

从此之后，海娃早出晚归下海捕鱼，海螺女则在家中持家奉母，十分勤快。后来，渤海龙王发现仙螺不在身边后，命海龟丞相到处寻找，终于发现了海螺仙子的踪迹，海龟连忙回龙宫禀报了龙王。龙王大怒，立即召来蟹将，下令捉拿仙螺回宫。众虾兵来到海螺仙子的家中，一拥而上，抓住螺女便走。

海娃得知消息后，操起鱼叉，直奔虾兵蟹将所去的方向追赶。海娃抡起鱼叉大战虾将兵蟹，你来我往，兵器相交，叮当作响，直打得天昏地暗。这时，宫门大开，龟丞相告诉海娃，仙螺已经被压在了"仙螺岛"。南戴河的父老乡亲，为了铭记海螺女的恩德，便在"仙螺岛"上修了一座"海螺仙子"的汉白玉雕像，让海螺女站在"仙螺岛"上，深情地望着南戴河，从古至今。

索道台二楼是一座供游人朝拜的道观，道士一见游客来访，便恭敬地奉上一支香。我也恭敬地朝拜，为我所有的朋友祈福。

高达56米的观光游乐塔，可乘电梯而上。这座塔与蹦极使用同一座铁塔，这座塔形状类似上海的东方明珠，顶部也有一个圆形观光台。我来到这里时，正有一位勇敢者抱着绳索，悬挂在海空中，对着塔底高声喊着"我爱你"，我想，他的爱人一定在下方等待

那年去泰国，朋友安排跳伞与蹦极，我一开始拒绝了，但好友坚决劝说，不允许我退缩。因为害怕，我几度欲作逃兵，又被好友强行拉住。跳降落伞时，工作人员让我穿上救生衣，捆紧绳索。从客船甲板上，借着海风的惯性撑开伞后，由绳索牵引，缓缓升高，整个身子单薄地飞在海空，那一刻，我似乎停止了呼吸。别人都一次就安全降落，可我的伞不知怎么回事，就是降不下来，几次都是在即将靠船时又被绳索拖回，沿着海面飘荡，又不断将我腾空，吓得我魂不附体。之后的蹦极，我同样陷入类似的险境，从几百米的高空高速飞行，着地之后，我感到非常紧张，无法言语，心神不宁。

从仙螺岛回望南戴河的沙滩，感觉南戴河有些类似芭提雅的景色。芭提雅是位于泰国东海岸边的一个珊瑚岛，被人们美誉为"东方夏威夷"。每当夜晚灯火通明时，商店、酒店、歌舞厅，霓虹灯灯光闪烁，街道两旁的亭式小酒吧星罗棋布，流行音乐充斥街头，马路上的行人摩肩接踵，车水马龙，通宵达旦。海滩上阳光明媚，蓝天白云，沙滩洁白如银，别墅掩映在郁郁葱葱的树林中。这东方热带海滨的独特景色，令人心旷神怡。

乘索道返回时，我已不再紧张，在索道上可从容转头，也能四处张望了。已见浮云悠悠，白鹭翱翔，客艇疾过，游人欢呼。

九那些红男绿女

像潮水一样涌来

岸边的礁石挺起伟岸的身子

痴眼凝望着那些异国女郎

挺着胸部高鼻梁的她们

叽里呱啦地谈论着什么

冰雪一样的肌肤亮成一道风景

身上自然的香水味道十分特别

莫非她们都是龙王爷的私生女？

谁能告诉我风情与浪漫是什么样子的

海风鼓动着海浪去恣情相爱

潮水一般的热情燃烧着她们

而我只是一名匆匆的过客

我一边分享着她们的快乐

一边哼出自己的人生小调

我发现，这里的每一块礁石都可以独立成风景

有人在不远处看风景

看风景的人自己也变成了风景

临别前夕，我与作家石湾先生一同坐在松树林下，谈青春，谈过去，谈未来。石湾先生还"揭露"了他自己在墨宝上盖的两个闲章的制作过程。因为要留个纪念，有人提出大家共同做一面锦旗，有人则倡导石湾老师留下墨宝，让大家签名。只是，临到装裱之际，才发现问题出来了，落款还得有印章。于是，石湾自创，分别用墨汁的瓶盖与底座，涂上印泥，盖在宣纸上。

这种新颖的做法，也唯有石湾先生能够想得出来，且做工如此精美。其他人员都猜想是用萝卜或是土豆雕刻而成的，看来这个创意可以申请专利了。

身旁的瀑布潺潺作响，池塘里的荷花娇艳欲滴，婀娜多姿地荡漾着身姿。松果树环绕的空地上，明亮的地灯将这片区域点缀得如梦如幻。歌声笑语在这里渐起渐落，一群文艺家和作家们在此尽情歌舞。

石湾老师的夫人童心是国家话剧院的演员，虽已年过古稀，但声音依然甜美动听，身姿曼妙柔软，面色红润，皮肤细腻光滑，举手投足间仍能看出风采不减当年。这位有着深厚功底的老艺术家对朋友格外亲热，轻盈地为大家跳起了新疆民族舞蹈，翻腕、托帽、点肩、移颈、绕腕，动作干净利落，满面喜悦自信的神情，敏捷程度并不逊色于年轻的大学生。《天池》杂志社主编黄灵香也特别活跃，和大家一起唱完《康定情歌》之后又唱《红日》，唱完《谁不说家乡好》之后又唱《见到你们格外亲》《送战友》。

童心在朗诵秦皇岛作家王三堂的诗歌《人生》时，声情并茂，让大家如痴如醉，似乎都走进了诗歌的灵魂深处。《人生》虽简短，但将人生概括得极其全面，可谓淋漓尽致。戴冠青也朗诵了余光中先生的一首诗，其构思意象与艺术张力与王三堂的《人生》相近似。余光中献给母亲的诗《母难日》：今生今世／我最忘情的哭声有两次／一次，在我生命的开始／一次，在你生命的告终／第一次，我不记得／是听你说的／第二次你不会晓得／我说也没用／但这两次哭声的中间／有无穷无尽的笑声／一遍一遍又一遍／回荡了整整三十年／你都晓得／我都记得 。

巧合的是，在这离别前夕的聚会中，童心老师主动透露，当天正好是她和石湾老师结婚四十五周年的纪念日。大家顿时齐齐起立，举起手中的茶杯，以茶代酒，向这对白头偕老的夫妻敬酒庆贺。祝福他们白头偕老、年年有今日、岁岁有今夜。大家还相约二十年后，再次相聚在这北戴河的创作基地，共叙情谊。

心中的北戴河近了又远了

迷离了多少情思

402 房，还有那针线盒、地图、润肤露

成了我追梦的云梯

十天的时间眨眼就要过去了

依依不舍，又只好离别

人生有多少旅途与此相识？

这是上帝的眷顾

也是人生的另一种期盼

北京地铁站的车票

比原来贵了三块钱

可它却解了我的疲劳

干渴的不只是喉咙

还有裂开了嘴的床单

我的双眼湿润了

仿佛回到了从前那个车站

漂泊是一条谋生的船

弯弯曲曲的人生路

梦想总是被挂在天边

如今，心中的北戴河

让我的梦想又更近了一步

看到努力的枝头结满硕果

我突然间意识到

有时疲倦的感觉真好

天睡我睡，海醒我醒。

独自踏上归程，百感交集。依依惜别，十日时光转瞬即逝，虽然依依不舍，但终归还是要各赴归途。我怀揣着这份来自五湖四海的友情之缘，带着这段甜蜜难忘的记忆离开，那十日的缤纷光阴给我留下了无尽的眷恋。

北京站，这是一个多么熟悉的地方啊，我曾因能来到这里而感到自豪。那几年间，我无数次站在出站口，迎接一个又一个远方亲朋，让他们初次踏上京城土地时就免于迷惘无助。我也同样无数次站在进站口，亲自为远方的亲友送行，让他们在离开京城前能感受到一份温暖的情谊。

出站时，望着茫茫的出租车长龙，只得改乘地铁。可临到地铁口才发现，购地铁票的队伍与等待出租车的队伍一样长。好在听到有人喊卖票，我当机立断购买了两张。虽然每张地铁票比原来的票价贵了三块钱，可是此时此刻，即使贵一百倍我也愿意购买。虽然票贩子行为理应禁止，但对于急赶时间且疲于劳顿的我来说，却又不免感激票贩子们及时提供了方便。幸好我的行李不多，可以从容应对。

乘地铁二号线到达西直门后，我转乘十三号线。西直门地铁站我非常熟悉，曾经留下我很多足迹，只是近些年增建了火车站，即北京北站，我才来得少了一些。从地铁站的窗口可以看见地铁的入口，只见长长的进站队伍，在正午的太阳照耀下，人群顶着烈日，慢慢地向入站口移动。我经过弯弯曲曲、高高低低又远远长长的中转台，才到达十三号地铁站台。面对长长的候车队伍，我的眼眶不禁湿润了，似乎看见了我自己当年的影子。多少人，为了谋生，漂泊在一个又一个城市，辗转在一个又一个站台。他们为了改善年迈父母的生活质量，为了给孩子创造良好的成长环境，他们怀揣着梦想和希望，穿梭在街头巷尾。当年，我也曾是其中一员，拖着沉重的样品，在一家家商场间穿梭，纵然疲惫，纵然挫折，但是每一次奔波，我都感觉离梦想更近了一步。

现在的北京地铁已经今非昔比了，但我仍怀念那个时候在地铁、公交上奔波的情景，是辛劳、是艰苦，但也是希望、是成长。

过去的辛劳，正是今天幸福生活的源头。我感谢曾经的苦难，它让我有了今天的一切。

河坑，和谐的生命密码

　　乡愁是一泓清澈的涧水，乡愁是一首经典的老歌，乡愁是一片馨香的花瓣，乡愁是空中云、天上月，时刻牵动着游子的脉搏。土楼的记忆是我童年的记忆，我的祖父是福建上杭人，少年时代千里迢迢奔走异乡，从而在浙江的一个小村庄落户。与祖母结婚后，祖父依照老家的建筑风格，修建了一栋方形房屋，从此，夫妻二人便有了自己的爱巢，结束了颠沛流离的生活。我在土楼中出生、成长。

　　福建省南靖县的河坑村，是土楼的故乡，河坑土楼群是福建土楼中最为密集的土楼群落，以其宏大的规模和丰富的数量名列前茅。

　　我天生就是一个有乡愁的人。我出生在土楼里，当然要去寻找最有名的土楼群了。这天，我们乘坐的汽车从南靖县城驶出不久，即在高山腹地中穿行，一路满目青翠。到达河坑村口时，我的第一感觉是，在没有开通这条公路之前，河坑村就是一个与世隔绝的蛮荒之地。

　　在村口的售票处附近，我们遇到了一位精干的老者，从交谈中得知，他曾在村部做了几十年的通信员，对村子的历史了如指掌。他告诉我们，河坑村有 14 座大型土楼，其中 7 座是明清时期建造的方形土楼，另外 7 座是近代建造的圆形土楼，这两组土楼共同构成了地面上"北斗七星"的星象奇观。村中最新与最古老的土楼建造时间相距 400 多年，这 14 座土楼均被列入《世界文化遗产名录》。

　　要看清"北斗七星"的星象奇观，你得爬到山上才看得出来。老者热情地为我们指引，于是我们毫不犹豫地向村庄对面的大山攀登。这座形状有些像狮子的山，正是村子的风水卫士。狮子山上，漫山都是竹子。竹海里静谧得出奇，毛竹林中听不到人的喧哗、车辆的喇叭声，以及机械的轰鸣。这些竹子将亭立的身姿伸向天际，它们挺拔向上，不蔓不枝，始终保持着清廉骨风。它们以自己独有的生存方式，固执地坚守在河坑周围的深山里。

竹子离不开这片沃土的滋养与呵护，沃土离不开竹子的仰慕与柔情。一时间，我似乎与漫山的毛竹融为一体。

从狮子山观景台眺望，右前方的一片开阔地与山坡连接处，只见一座座土楼仿佛真的是来自太空的"飞碟"。往左前方看，两条溪流在河坑山脚下交汇，形成了"丁"字河道。沿着"丁"字的溪流岸边，分布着众多大小不一的土楼，它们如同夜空中的繁星，远望如一幅星图。我细心点数，确认有14座大型土楼，方形和圆形楼各7座，形成"北斗七星"状。这些大型土楼错落有致地分布于不足一平方公里的山谷之间，三面青山围合，周边田园环抱。河坑村，山有山魂，水有水韵，土楼群与山水相得益彰，整体布局暗含玄机，让我确信其中蕴含着生命的密码，那是一种自然和谐的生命气场。福楼拜曾说："风格就是生命。"歌德也曾说："风格，这是艺术所能企及的最高境界。"河坑土楼群被列入《世界文化遗产名录》，正是它独有的风格使然。

离开竹木混生的山峦，我缓步回到村庄。据导游介绍，明嘉靖年间，张姓家族到此立基。当时，闽西南一带山高林密，盗匪和野兽时有出没，不同民系和村落之间的纷争也时有发生。因此，张姓族人沿着河边两旁，建造了一座座风格独特的土楼民居，这些土楼形态多样，包括方形、圆形、交椅形、曲尺形等。其中，河坑张姓四世祖张六益兴建了第一座土楼——朝水楼。之后，随着家族人口的逐渐增多，张家又相继兴建了永盛楼、永荣楼、绳庆楼、永贵楼、阳照楼等14座土楼，形成河坑土楼群。如今，在潺潺流水和绿意盎然的田野映衬下，这些土楼洋溢着田园诗情和山村画意。

土楼沿着山溪纵向随意分布，背依青山，面临溪流。青山显得恬静而富有活力。与大自然的交流和融合，使人忘却了现实生活中的烦恼，获得了无与伦比的喜悦，给人以与世隔绝的感觉。实际上，人类必须重建与自然的和谐关系，回归自然、融入自然并感悟自然。回归自然、融入自然，与自然融为一体，是人类生存的诗意选择。

迁来福建的客家人，如同他们的建筑一样，表现出强烈的防御性，"惟恨所居之不远，所藏之不密"，客家人从一开始就有意识地处于高度警惕的状态。土楼之所以有社会基础，是因为有强有力的家族制度的存在。在土楼景区旅游，我祖父那客家口音，时时在我脑海回荡。这是我熟悉的味道，是我儿时的味道。这是我熟悉的乡愁，是我梦里栖息的芳草地，是我魂里时刻向往的故乡。

世间最美不过青山绿水，而村民们终日仰首青山、俯首清流，与生活在污尘空气中的都市人们相比，这是多么神仙般惬意的日子啊。

我进村见到的第一座土楼是圆形土楼春贵楼，它位于河坑桥入口左侧，土木结构，内通廊式，不过七十来岁，坐西南朝东北，为村民集资筹建。楼高三层，每层 36 间，建筑面积近 3000 平方米。这不是古代为防御匪患、散兵和盗贼而建筑的土楼，而是朗朗乾坤的新中国时期的土楼。坐在冰凉的石蹲上，仿佛回到了孩提时代。一位满面红光的老先生，见我一直抚摸着石墩，不由投来好奇的目光，我告诉他，我从小就是坐在这样的石墩上成长，他立马来了兴致。他告诉我，当年建这座楼的人们，就是一个生产队的全体公社社员，他们觉得一个生产队的人住在一起，劳动生活成为一家人，集资建楼和生产管理都非常方便。原来，过去这座土楼里，就住着一个生产队的人们！可见客家人的家族观念，从古代中原南迁，直到新中国成立之后，都是那样的始终如一。

一般的土楼，其底层外环一圈设有厨房、餐室，兼具会客和起居功能。第二层用于存放农具和农产品。第三层则是以小家庭为单位的主要活动空间，每个房间的门、窗都朝向公用的环形走马廊，仅分间而不分户，将每个由数个房间的小家庭全部打乱，沿廊布置，使得小家庭的独立性变成了由公共交通空间串联起来的念珠。每个"珠子"即是一个房间，它们以不可打破的个体生活空间为单位组合起来，例如，夫妇卧室、个人卧室。这里没有独门独户，只有独门独间，每间房对外仅开一扇极小的窗，一间房间也是一个卫所。在坚实的夯土外墙内形成的一圈通廊，使得家族们在对外来进攻进行抵抗时，可以通行无阻，随时随地根据需要进行有效反击。圆形土楼这种独特的居住形式，其根源在于防御上的这种特殊需求。直到今天，人们仍然喜爱土楼，因为土楼具有冬暖夏凉的特点，能使人保持良好的健康状态。大家都说"土楼能发人"，而砖楼、石楼则不然，住了常常使人生病，谓之"不能发人"。

日本东海大学教授水野雅生是一位研究古建筑的知名学者，在他的土楼考察报告中有这样一段精彩描述："土楼民居如同一个核桃，以其坚硬的外壳保护着内部的果仁，用淡黄色的生土厚墙围拢起来，形同要塞，外观完全呈现出封闭的状态。以纤细柔和的木质结构组成卧室环，围成院子，圆圆地将其核心——祖堂包裹在正中。同时，穿过卧室群自天空垂直射入的阳光，均表现出了以祖堂为中心的向心性，使人完全感到土楼空间组合已达到完全成熟的阶段。"

我没有看到祖堂，只看到圆形内广场中央的大水井，这是公共空间的中心，是生活的中心，也是信息交流的中心。水，和谐地浸润着这个封闭的群体，浸润着农耕时代的独特群体。

最古老的土楼是朝水楼，位于土楼群的中部，已有五百多年的历史。岁月更迭了多少代子孙，土楼却依然巍然矗立。最富文化内涵的是绳庆楼，也历经三百多年的风蚀。绳庆楼后高前低，天井后面连接后厅建有"槐庭"，这是一个上下厅式的砖木结构祖堂，堂上悬挂着清嘉庆癸未年制的"德式乡间"匾额，堂内有木雕"狮子夯梁"，墙上绘有梅、兰等花草图案。楼外还建有多间二层土房，保护着土楼，形成了楼包厝、厝包楼的独特景观。当地人认为，楼包厝，子孙比较贤淑；厝包楼，子孙比较富裕。所以，绳庆楼的建筑模式，体现了张姓祖先对后代的期望。

土楼就像一个扩大的家庭，一个缩小的社会。二三百人生活在同一个屋檐下，和睦相处，以和为贵至关重要。鲜明的文化需要鲜明的符号来支撑，土楼就是一种和谐文化的符号。土楼只有一个大门出入，一旦跨进那古老而沉重的大门，就会被其突出的防卫功能所震撼。大门的两扇门板都是由耐火的硬木制成的，在门的上方，设有三个灌水道，若遇盗匪用火攻门，可从灌水道往下灌水，把火浇灭。土楼的底层没有窗户，二层也只开一条通风小缝，三至五层的窗洞内大外小，所以，只要把大门关好，上好闩，就可以高枕无忧了。木材架构的住宅区就像巨大的蜂巢，精致而和谐，中央的活动空间像个大广场，人们在这里提吊井水，晾晒衣服，交流家常，生活自由而惬意。

走出那厚重的大门，我无来由地担心，这么大的超级住宅，晚上由谁来关门？关门后由谁来开门？热心的老先生笑着说，大家约定俗成，迟归的人会心有灵犀，知道该由他来把门关上，而"漏网"迟到的人，就只能敲门。不用担心听不见，你看这大门的门环，是这么粗重的铁环。说着，他就用手猛力敲击门环。听到了吗，"僧敲月下门"的诗句就是这样来的。敲门声悠远而急促，他笑得很开心。

青年人大多已进城了，留守下来的多是老人、妇女和儿童。而那些进城的人们，在他们的意识深处，是不会忘怀土楼与居者的这种人际和谐美，他们会不自觉地把纯美人际关系，撒播在城市，甚至在异地发芽生长。留下来的人们正诗意地栖居着。世界文化遗产产生的旅游效应让这里的人们生活得既先进又闲适。如今旅游把现代工业社会、后现代知识社会的元素与传统农业社会的景象对接交融在一起，在游荡着乡愁诗意的生活图景中，人们的内心洗净了浮华，浸润着远古的宁静。

村子小径上的青草香气与淡淡的青草沤腐的香味，勾起了我对故乡的怀念，也勾起了我对儿时天真纯洁的追忆，虽然难免有些苦涩。菜园里的丝瓜藤，蓬勃的绿叶下，大大小小垂吊的丝瓜像捉迷藏一般，让我数了几遍还有新的发现，不由自主地发出惊喜的叫声。稻田里的稻子正抽穗并开着稻花，正在孕育着谷粒，千穗万穗，令人浮想翩翩，我听得到稻花在欢唱，它们乐于奉献给人类，酿造着给我们果腹的琼浆。黄牛不怕茅草的锋利，在路边埋头咀嚼。房前屋后的母鸡、公鸡在啄食、追逐、交配。我融入这古朴幸福的田园诗意，这些生活图景我曾多么熟悉，如今已疏离许久矣。

野草的香味和稻田稻花的香味令人沁人心脾，各种野花肆意绽放，发酵的草香飘浮在空中，令人心醉神迷，圣洁得让人想下跪膜拜。人解脱了烦恼，心归于宁静，与阳光、稻谷、土楼、群山、小河融为一体，进入宇宙的沉睡之中。自然万物成了浑然的大家，使凡间的小家变得微不足道，它收留了人，如同收留了整个村子，没有隔阂，只有安详，身心归一，多么美的意境。在这里，一切仿佛慢了下来，一切仿佛宁静了下来，一切仿佛时光倒流，恍若隔世，没有浮华喧嚣的古朴村落，回应着我们灵魂的隐隐诉求。人是宇宙大世界之中的一分子，与万物同宗同根，自然与人之间存在着内在的精神交流。这种想法，此刻在我心中膨胀，特别强烈。人们向往的往昔农业古老乡村的乐土，古朴幸福的田园式诗意生活图景，让人回味无穷。

村中的小河两岸被浓荫半遮半掩着，像羞涩的少女。但见一个小伙子撒网捕鱼。流水轻柔地抚摸着他的双足，他是如此忘我而专注着水中悠游着的青鲤，他的指尖在水中轻轻划出涟漪，鱼儿也不为人知地摆动着身体，似乎在寻找着与它共振的一道波。我多想跳进河中与他一道追逐那自由的鱼儿。世界的呼吸犹如身体的呼吸，世界和身体仿佛都同时承载着一个物质性的灵魂和一个精神性的灵魂。

在河坑村，我见识了土楼文化，更体验了人与自然的和谐氛围，它似乎在唤醒现代人的直觉、本能等原始意识，告诉人们，要珍惜人类和自然和谐的生存方式。工业文明我们不拒绝，信息文明我们很欢快，而乡愁，我们会让它美在心底。我尽情徜徉在大自然的怀抱里，呼吸着乡野清新的空气，欣赏生机勃勃的花草树木，感受大自然的幽静美丽，我的身体里仿佛流淌着泉水般的金光。

第四辑

魂牵原乡

一把钥匙的重量

那一年我还小，不穿开裆裤还没多久。有一天，母亲从生产队长那儿得到一把钥匙，然后把它交给了我。我小心地将钥匙放在灶台的灶孔里面，那是平时专放火柴盒的地方。

母亲将它交给我的时候，表情很严肃，脸绷得异乎寻常地紧，她再三嘱咐我要好好保管，千万不能把东西弄丢了。原本不知天高地厚的我一下知道钥匙的分量了。事实上就是如此，当同龄人还在长辈怀里撒娇的时候，我已经要对一把钥匙负责了，而这把钥匙并不普通，放在我的手里很沉，压得我有些不堪其重。因为这把钥匙不仅锁住了一扇门，还锁住了一头黄牛。那个时候，生产队里最值钱的就是那头牛了。

那天天蒙蒙亮，我依稀听见母亲窸窸窣窣穿衣服的声响，我的听力与视力是用不着怀疑的。我不明白，年幼的我何以反应如此敏感，反正只要是身边有丁点儿声响，我便立马知觉。无须母亲叫醒，我就跟着母亲起床，并利索地穿好衣服，然后，来到灶台前踮起脚，从灶孔取过钥匙，走出门，穿过一条坎坷的泥土路，来到离家五百米左右的牛棚。我用那把钥匙打开牛棚的门，突然，眼前的情景让我惊慌失色，我看见数以万计的蚊子正一窝蜂地朝门口窜来，而里面的那头黄牛，像发疯了似的，我还来不及在牛角侧取过绳子，它便要往外冲了。我趔趄着向后退着，但还是被黄牛那蛮横的力气和姿态吓得全身颤抖。我以为黄牛会继续向前奔去，没料到那头黄牛却忽然低下头，用它那厚厚圆圆的嘴唇亲了亲我的手臂，似是阔别已久的好友一般。这是我生平第一次对一头庞然大物产生情感，我既紧张又惶惑，既意外又欢欣，心底还萌生一种似自己征服了一只猛兽的自豪感。黄牛继续和善地舔着我的衣角，我趁机将拴在两只牛角上的麻绳迅速解下，然后牵着黄牛走出了牛棚，并悠悠地走向茫茫山野。此时，朝霞正慢慢泛红了半边天，透过朝阳，我看见自己瘦小的影子与黄牛庞大的影子一起投射在地面上，那种感觉顿时让我产生了美感，感觉到诗意般的浪漫。

这头黄牛是我所在生产队十八户家庭共同拥有的唯一的耕牛，队长之所以将这头黄牛交给我们家来喂养，说句实在话，既是对我们家的信任，也是一种帮助，至今我还深深铭记着队长的恩情。当年，母亲年仅三十三岁，却已经是个寡妇，尽管如此，母亲不但没有改嫁，还要服侍病瘫在床的六十多岁的我祖母，还要抚养照顾自己的两个年幼的女儿。母亲每日天蒙蒙亮便背上锄头或担上便料，去自留地里铲草浇菜，然后摘点儿蔬菜回来，还得采些野菜喂食十来只小白兔。

正是在这种情况下，队长决定把黄牛交给我们家喂养，因为养黄牛每天可以获得一分的工分。那时，母亲参加生产队的劳动，劳动一天也只能得 3 分的工分，相对于母亲一天到晚脸朝黄土背朝天的辛劳，这已是一份莫大的关照了。幼小的我，就是这样承担了这份重要的工作。在此之前，我每天只是做些家里的杂务，此外，就是给奶奶捶捶背、洗洗脚、端端茶、递递饭、烧些柴火之类。我开始放牛以后，也就相当于能够给母亲减轻一些负担了，这让我不由自主地心生骄傲。

为了让牛能够安心地睡眠，我将牛棚里满是蚊子的事告诉了母亲。当天，母亲去山上采了一种树叶回来，在我黄昏放牛之际，将树叶置于铁盆中，然后放在牛棚里慢慢烧，这种树叶焚烧后产生的气味把蚊子熏得自动飞走了。牛其实与人一样通情达理，它对我的细心照料似乎抱有感怀之心。每当听到我开锁的声音时，它便立马爬起来，站在门边等我，有时它居然将头探过来，方便我解开它牛角的缰绳。

牛与人，人与牛，其实是一样的，一日三餐，再加点儿宵夜，便算是非常有福分了。牛的宵夜常常是双季稻存留下来的稻草，或者是平时采割的青草之类，正如当年普遍家庭偶尔做些面条改善生活一样。就这样，我天天必须在清晨与黄昏，在所能走到的田野或山坡，牵着那头黄牛去野外吃草，日复一日，年复一年，我和黄牛相依为命。

一个冬日的黄昏，我将牛放养在一片植有苎麻的山坡上。冬日里，很多植物都已枯零，唯有苎麻还青绿如旧。不过我听母亲说过牛不食苎麻，于是，我提着竹篮四处找野菜，没想到在苎麻地里意外地寻到一片碧嫩绿草，我高兴得忘乎所以，居然忘了看好牛，等我意识到时，已不见牛的踪影。我四下寻找，正当我急得不知所措，快哭出来时，突然看见牛在山凹下，正低着头猛嚼着绿油油的麦子。这还了得，我知道这块地的主人正是与我祖母有矛盾的那家，我赶紧拎起篮子，一边大声喊着，一边飞奔而去。牛毕竟是牛，不愿意听人训。此时此刻，恐怕放再大声的高音喇叭也没用，它正甜滋滋地享受美食，再大声它也听不见。我估计，它即便听见也不会回头瞧一眼，哪怕是我这个相依为命的主人，它也会不管。牛的食量大，在那物质贫乏的年代，没有什么比食物更让它钟情了。我在山路上奔跑时，几次差点儿摔倒，脚下的一只布鞋掉了也顾不上找回重新穿上，一门心思在想，这下惹大祸了，这可怎么办才好，回去肯定会被母亲骂死，甚至被母亲打。我没命地边跑边喊，希望能赶快牵走那头可恶的牛，它简直太贪吃了。我近前一看，立即放声大哭起来，只见足有半尺高的大片的麦子已进了牛腹。我气得举着鞭子，一边抽牛屁股，一边继续哇哇号啕大哭。我知道，这下肯定惨了。可是小小年纪的我，尽管用尽全力，也无法拉动正在享受美食的黄牛。抽打与号叫乃至痛哭都没有用，牛继续顽固并且慢吞吞地吃着美味的麦子，那神情简直是对我的嘲笑与藐视。

焦躁无奈之下，我急中生智，拾起地面上的一块石头，对准津津有味咀嚼着麦子的牛唇砸了下去。这一砸可不得了，原本亲如密友的黄牛，突然性情大变，发疯似的用它那两只尖尖的牛角没头没脑地朝我撞来。我穿着姐姐的旧裤子，裤管原本肥大，牛角一撞一翘，裤管就破了。我的一条腿露在寒风中，我又惊又怕，不知怎么办，眼望四周不见有人，孤独无援。

我继续使出吃奶的力气，使劲拽着牛绳，不知是黄牛吃饱了，还是被我感动了，它终于被我牵出了麦地。我望着那片被黄牛吃得一片狼藉的麦地，心里担心得要命，不知如何面对这一切。惶恐中，我忘记了回头寻找丢失的布鞋，犹豫着不敢走向回家的路，一直徘徊在山口。暮色低垂，天已渐暗，我才慌慌张张地将牛慢慢地牵回牛舍。这段路，尽管不长，但我迈向家中的步伐，却越发地沉重起来。

将牛关进牛棚后回到家里，透过半掩半启的门扉，我看见里面亮着一盏昏黄的煤油灯，平时不谙厨事的姐姐此刻正围着灶台忙碌。我轻轻地推开门，悄悄地走进侧屋，赶紧从箱子里找了条裤子换上，将破了的裤子悄悄藏了起来，然后故作欢悦地走向灶台。看到我回家，姐姐立即问："娘找到你啦？这么晚回来你就不怕鬼！"这下我蒙了，原来母亲因为担心我，去山上找我了。或许母亲走的是前山，而我刚好是从后山下来的。

我一边添着柴火，一边暗暗自责，若不是自己拖拖拉拉，母亲就不用去找我了。等到我们做好饭菜，依然不见母亲的身影，这下轮到我与姐姐担心母亲了。我们决定去山上找母亲，我和姐姐点燃一支麻秆引路，还带上火柴，又各自抱着一把麻秆，一边在山上奔走，一边大声喊叫："娘，娘，娘……"却始终无人回应。我向来怕黑，更害怕一座座墓碑，此刻却空前地大胆起来，明知那边有坟墓，可我寻娘心切，所以毫不顾忌起来。姐姐说母亲方才是挑着一担刺藤回的家，听说我还没回来就匆匆出门找我了。这一说似乎提醒了我，娘会不会又顺便去挑刺藤了呢？我提议去我曾经跟娘砍过刺藤的山崖找找看。冬夜的寒风凛冽地穿透我们的身子，此时我与姐姐却因担忧与奔走而汗流满面。母亲是我们家的顶梁柱，如果没有了这根柱子，家便不复存在了。我恨自己不好好看牛，恨自己那么迟回家，从而令原本疲惫不堪的母亲又多添了一份辛劳。在寻找的过程中，我流着泪忍不住如实告诉了姐姐今天的遭遇。姐姐并未责怪我，反而一直安慰，且用力握住了我颤抖的手……

茫茫夜色，我们的麻秆火把明明灭灭，我们的声音一阵一阵响彻山谷。不知为何，我始终抱着坚定的信念，相信娘就在不远处。我和姐姐屏住呼吸，终于听到一声微弱的呼叫。那是母亲的声音，那声音多么熟悉而又亲切，我们急忙寻声而去，果然在山崖边的一个泥坑里，找到了我那瘦骨嶙峋的母亲。我和姐姐哭喊着冲过去抱起母亲，一声声呼唤着母亲。我们这才知道，母亲因劳累过度，腿脚抽筋，然后饿昏了。我和姐姐找不到任何东西可以给娘填腹，后来就在泥坑上方的岩孔里，我用双手交叠着捧了一捧水，喂进母亲的嘴里，轻轻地揉捏母亲的双腿，渐渐地，娘恢复过来了。我们母女三人相互牵着手走回了家。

牛偷食的事最终没能瞒过去，因为有人看见了那天我在那附近放牛，并且找到我那只鞋子作为证据。原本麦头被吃了，不消几天就会重新长出来，可就因为那户人家与祖母曾经有些过节，所以那家的女主人找上门来，强行要我们家赔二十斤麦子。母亲知情后对我毫无责备，为了息事宁人，从几户亲友家借了麦子，赔着笑赔了去。这二十斤麦子，意味着我多少天放牛的辛苦算是白费了。

冬去春来，百花盛开，我在朝朝暮暮与牛相伴的岁月里，凄苦而美丽地成长着。那时候，我最盼望的不是春节，也不是中秋，而是春耕。因为春耕时我就不用放牛了，劳作后生产队会好生犒赏它。在我十二岁那年，国家政策变了，实行联产承包责任制。原以为我的放牛生涯从此会画上句号，没想到同村的姐夫兄弟四人，又合议共养一头牛。而我是生产队里唯一有经验的放牛娃，大家一致商定，将放牛这个重大的责任交付给我。好在那年我十三岁，上了初中，需要住校，他们只好重新找别人来放牛，我从而结束了这一生永远难忘的放牛生涯。

每扇门打开

一

踏入浙江的地盘，一股无形的风淹没了我的惊惶，我一下子变得有条不紊，急促的呼吸平缓下来。是因为故乡的风更清新么，还是故乡的雨更纯净？

我的故乡月蚕庵有个传说。相传当年，民不聊生，有个尼姑化缘到此，见村民个个面黄肌瘦，非病即瘫。尼姑便施与蚕种，授以蚕桑，于是满山荒芜变为碧桑，家家户户兴桑业蚕，大家过上了丰衣足食的生活。为了纪念尼姑的善慈，村里人捐资在村中间建了一幢房子，供路人歇脚、留宿，并将村子起名为月蚕庵。实行分田到户后，这幢房子出租给村民，一租就是三十年。期满收回后，村民们纷纷捐资修整，原本颓废的房子经过粉刷修葺，变得既干净又亮堂。置以锣鼓，请进菩萨，建以戏台。"月蚕庵"三个大字赫然醒目，两旁门墙画有钟馗，威武坚毅地守护着这里。如今，尽管村名已更名溪口，本村的民风却依然无改，一年四季，除年轻人远出经商，留守的农人仍各家养蚕。

我捐献的一张案台，摆放在庵堂中间，每当村民祈佑，均先在案台上点烛焚香。每年正月十五，村民轮流出资请来演唱木偶戏的剧团，在月蚕庵内热闹三晚。锣声鼓声鞭炮声，笑声掌声欢歌声，此起彼伏，热腾了月蚕庵，原本清寂经年的房子从此有了生机，有了使命！月蚕，月光下的蚕虫，多么浪漫，又充分体现了蚕虫之呕心沥血耕耘至死以及蚕农辛勤劳动夜以继日的奋发精神。

这块土地养育了我，我喝着故乡的水长大，我踩着故乡的土成熟，我没办法将过去遗忘。我离开时的村庄都是土坯墙，一栋一栋颇有章法地分布着。

很多人家厨房挨着猪圈，饭菜的香味和着猪圈的屎尿味；卧房外头的茅房，供养一年四季蔬果的营养。天未透白，每户人家就拉亮了电灯。那时电灯的开关不是现在的平板按钮，而是一根绳子。我曾经在母亲不注意的时候偷偷拉灯绳，总喜欢看那一明一灭的过程。如今饱经沧桑，这世上很多东西都像极了电灯，瞬间改变，如一个人成名或者失败，一个人家财万贯或者破产，一个人轻松生活或者艰难地死去。

鸡鸭鹅猪，一听见主人有响声，立马拉开喉咙高音合唱；主人打开鸡鸭鹅圈，它们就像冲锋陷阵的士兵，气势高昂地冲出去，扑打着翅膀，喝水、伸腰、追啄伙伴的身体，好像经年不见的老朋友，亲切地寒暄或者交头接耳，它们欢呼：我们又迎来了自由的一天。动物比人容易管教多了，不需要叮嘱，不需要教训，它们早上出去寻食、游玩，哪怕外面的世界再精彩，一到夜幕降临，保准乖乖归来，而且绝不会跑错圈，鸡不会到鸭圈，鹅也不会跑去鸡圈。

家里这幢在1989年将土墙推倒改用砖砌的房子，是全村第一户土改砖房，近二百平方米，三层半高，陆续分三次完成。初建一层仅八十平方米，那时的砖好像每块一毛五分钱，当拖拉机咣当咣当驮着满满的红砖到达家门口的机耕路时，全家人脸上笑开了花。车子开不到家门口，只好用畚箕或者箩筐一担一担把红砖挑回家。年幼的外甥，懂得召令同伴，让他们将砖头一块块搬进筐内，胖胖的小手抹到脸上、鼻上，张牙舞爪得可爱。全家人披星戴月，一寸一寸建筑新巢。母亲感叹地说："十几年前有人扬言要掀翻我们家的瓦，我们现在是水泥板，看谁掀得动！"我们家第二次建房是在1996年，那年我们家早先的那栋土楼在连续多日暴雨的冲刷下，在一个午后突然倒塌了，幸运的是全家人当时都在院外整理苘麻。于是，不得不重建了近一百二十平方米的房子。我家第三次建房是在原地基的基础上，建成了三层的楼房。铁门有些生锈了，仍坚固如故。姐姐不善料理，每个房间都堆放着杂物，家里有人时每扇房门都敞开着，不用担心被人顺手牵羊，仅仅偶有蟑螂、老鼠造访。

被闲置的农具没精打采地歪在墙角；锄头、扁担、茶篓耷拉着脑袋，蓑

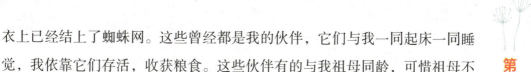

衣上已经结上了蜘蛛网。这些曾经都是我的伙伴，它们与我一同起床一同睡觉，我依靠它们存活，收获粮食。这些伙伴有的与我祖母同龄，可惜祖母不能活到时下，感受到今天幸福生活的安逸。而这些伙伴等到我的孩子白发苍苍时，已经算得上古董了。我叮嘱姐姐不要轻易扔掉，可以等我们年龄大了，拄着拐杖去借助它们凭吊过去，又可以让我们的子孙猜想他们的祖上曾经以什么样的方式生存。若干年后，兴许这些伙伴会尊存在某一博物馆，让世人膜拜。我曾经这样猜想：倘若我的爷爷奶奶是名人，这些伙伴很有可能早就被政府收走了，它们将不再是普通的农具，而是被赋予了很多象征意义。如果爷爷奶奶是名人，爷爷留下的这本小篆将是珍宝；而奶奶的那根烟斗，许多作家可以根据它杜撰不同内容的小说。物品的价值往往不取决于物本身，而取决于使用它的人。一截树根普通人精雕细刻未必值钱，但经名人签名就非同寻常了。眼下这幢房，如果在县城，每平方米可以售价上万元；如果在上海、杭州、北京市中心，少则每平方米几万，多则几十万。而倘若类似林语堂、冰心这样的名家居住过，那就是个文学馆了。可惜它现在伫立在这片贫瘠的角落里，荒废着，偶尔供我们住上十天半月。它孤守着，坚定不移，盼望主人的回归、清理、爱抚。在某种程度上，它是凄凉的，别的房子大多每天都有人的温度，而我家的这幢房子，形单影只，仿佛一个望眼欲穿的女人，痴盼着爱人归来的脚步。

这幢房子，也留下曾经追求我的人的印记，但是我感谢他们没有对我一往情深，曾经抛下几句甜言蜜语，却又随风飘逝。倘若有人对我情深意重一如既往，说不准我就在这幢房子里与他生儿育女，打柴养猪，除了好友亲朋，没有人认识我，也就没有今日我的新生，或说是重生。因此我非常非常感谢他们的嫌弃，感谢他们的背弃，因为他们的嫌弃和背弃，才有了我今天的生活。从此，我这辈子才能主要从事触摸文字经络与血液的写作事业，才能时刻感受身披文字的光芒。

多年前的那个绿衣天使，就像我们家聘请的专职邮递员，除了邮送各单位的报纸，还给我送来一封封信件。我曾经将书信堆放在一起很多年，我感激那些人给我的温爱，我曾经几度对着它们流泪，纵使后来书信化为片片白雪无处可寻，但终究感动过。在一个黄昏，我倒出那一箱变为黄色的信纸，取过火柴，把它们祭焚。烟雾飘袅，如同寻觅这书信的主人，我默念敬拜它们，祈福它们的主人！今日一封长信，只需两秒钟就可以抵达，再也不用千山万水跋涉，再也不用担心邮寄途中丢失或送达寄放他处被人拆封的尴尬。但也正因为少了这些过程，书信也少了许多庄重感。今天，可还有多少人愿意寄附一份念想？

房子背后，曾经是一口水塘，清清的水，可以供鸭鹅嬉戏，供人们洗衣擦背。池塘边，祖母种植了桑树与李子树；夏天坐在池塘边，双脚浸在水中，非常惬意。祖母曾经告诉我，当年"破四旧"的时候，奶奶把一只铜罐吊在水塘下面，这才逃过一劫。那只可以装十来斤米饭的铜罐，几十年熬粥盛饭。用它煮熟的米饭特别香，结着特有的锅巴，淡黄，松脆，我多么感激祖母的睿智啊！如今想吃锅巴已是奢侈，什么都是电子控制，熟了自动停止放射能量。铜罐逃过了一劫，可惜池塘在劫难逃，在我还穿开裆裤的时候，池塘便被人填平造了房子，我旧时的记忆也被压在了屋底。

清晨上山祭拜父母，穿过一丘丘田埂，攀过一座座山头，双脚踩在碧葱葱、软绵绵的青草上，心尖一阵一阵地酸痛。这些曾经是我的珍宝啊，可以养活多少牲畜啊，这些牲畜成为供养我们日常开支的主要来源。当年攀遍山壑也很难找到一片碧绿的青草，只能在茶叶树丛内或者苎麻地旁找到些许。那时候，要割满一只竹篮子的草，甚至需要跨过几个山坡。兔和羊一见我提着竹篮回家，就争先恐后地跳着欢叫起来。它们咀嚼时，不停地抬头看我，眼睛里充满了感激。这只竹篮如今静静地躺在柜底，姐一定是没有注意到，否则可能早就被她当柴火烧掉了。我常常挎着篮子回家，进门的第一时间就喊奶奶，因为祖母总是坐在灶前或躺在第一间房的床上。我高呼一声"我回来了"，祖母就会咯咯地笑。我与她相依共枕了十余年。直至我十七岁那年与祖母永别，从此我再也听不见她的咯咯笑声了，再也闻不到她身上的那股烟叶的味道。曾经惧怕的烟杆却成了我魂牵梦萦的回念，期盼它再一次敲打

我的后背，再一次烟雾熏绕房梁。尽管我现在身着时尚，常常喷洒好闻的香水，但我知道，我没有迷失自己，我的心仍属于家乡。我从不向往霓虹美酒，我常常一个人孤栖一角，与文字交流，与故土缠绵，我的灵魂始终有故乡，始终没有离开故乡。

二

年迈的祖母常年守家。村中劳力挣工分去了，孩子够学龄的已上学，留下的都是幼童。在我的记忆里，祖母的日常就是床上睡觉、门槛梳头、灶膛添柴、后院吸烟，重复着一天又一天。岁月磨蚀了她当年的雷厉风行，消退了她惯常的锐气，让她变成了一个老人，变成了一个遗韵犹存、爱好干净、利落整齐的老人。她那头雪白细滑的长发总是梳了又梳，抹上菜油，缠绕成形之后别上发簪。那根烟管成了她的忠实伴侣，烟圈徐徐袅袅，似乎萦绕着她的盛年往事。

邻家叔婶有个两岁多的男孩，爷爷也出工干活儿，有一回，一贯照看孙子的奶奶却因走亲戚未能及时返回，眼看队长吹着哨子催出工，婶子无奈之下，就将儿子托付给在后院晒太阳的祖母。孤单的祖母见男孩子圆圆的脸蛋，大大的眼睛，满心欢喜。祖母倾心倾力照看孩子，似对孙子一样百般疼爱，孩子对她有了依赖，以致婶子要接孩子回家时，孩子硬是不肯走。此后，孩子总是要缠着母亲来找祖母，祖母也乐意照顾，既帮助了他人，也添了热闹，可谓两全其美。打这之后，有不少村民将孩子托付给祖母，我们家几乎成了幼儿园。祖母收下一个又一个邻居央求照看的孩子，他们有的还不能自理屎尿，有的刚刚学会走路，有的甚至还不会叫爹娘，可是祖母乐在其中。

祖母的热心和爱心让人十分感激，逢年过节总会有好多人将好吃的东西送上门。屋子的后面，是全村唯一的一口饮用水井，村民大多会选择清晨来担水。那时候，常常天刚发亮，娘就在灶台前忙碌，热气腾腾的米香飘至屋外，村民就会喊一声："真香啊，来吃啦！"娘则会痛痛快快地回应："刚烧好，来，来，来！"如遇上娘刚蒸好番薯馍，她一定会迅速地送出门给路人。有时候，娘见到年迈的阿婆阿公来挑水，便会主动去井口帮忙打水，挑上一程。

水井也出过事，一个与我年龄相仿的女孩，居然不慎掉进水井，险些丧命，幸好祖母及时发现，将女孩救下，然后将女孩放在牛背上，让她慢慢吐出腹中的水，这才免于遇难。那口井挨着一个斜坡，斜坡上是机耕路。机耕路正好是一个近乎九十度角的弯道，常有骑自行车的人摔下坡来。有一次，一辆拖拉机载着好多人，不慎翻下坡，伤者大多满身是血。祖母见状，全力救助伤者，又是搀又是背地把伤员一个一个地接到家里，洗尘清伤喂水，活像一个赤脚医生。

祖母曾收留了一对要饭的夫妻。他们的家在十里外更偏僻和贫困的山村，因为夫妻俩都是瞎子，祖母念及他们行路不便，提供了席子、棉被，将一间柴火房腾出来，供他们住宿。

每当冬季农闲时，生产队就会选择一个日子，借村民的桌椅摆在公社里的空地上，因为我们家离公社最近，所以我家除了借出桌椅外，还要提供厨房，炒、蒸、煎、炸，忙到黄昏，全村男女老少闹哄哄上桌，欢欢喜喜、痛痛快快地吃个畅快喝个畅快。这是一年中最幸福的日子，队长不会因我们欠工分而不让我们入席，相反他却眉开颜笑，关心慰问每一个人。我最贪食的是锅巴。有个叔叔知道我爱吃锅巴，常常特意多烧上一把柴，使锅巴烤黄烤厚再铲起，偷偷塞给我，这在当时，是一份莫大的恩典。时至今日，我依然对锅巴情有独钟。可惜这位叔叔没有活到我能报恩的年纪，我只能每回在祭祀时，祈祷他在泉下安享年月。

三

从一道山沟到一座城市有多远？我就像一头耕牛，要用很长的时间犁完一丘田，要流很多的汗，背上驮着架，眼珠子直朝前方，没有回望的余地。否则，就会多挨一次竹鞭，饱受一顿皮开肉绽。但牛不会哭泣，也不会求饶，只会目视前方，脚踏实地一步一步，身后留下一犁一犁的翻土。这样，农人的眉眼才会舒展，耕牛才能吃上一餐拌有糟糠的饲料。这，就是牛的活路。

我经过了漫长的耕犁，从一座城市来到另一座城市；每迁徙一次，我的心就更坚硬一层。我不懂撒娇，学会了苦中作乐；我更不会知难而退，学会了越挫越勇。现在，我只有接近故土，心才会不由自主地柔软起来，双眼也才会迷离起来。我感恩自己脚下的路，感恩它的坚实。倘若当年我只埋头于故乡，仅仅依附于这块土地，不迈出双脚走上远离家乡的路，今天的我在哪儿？可能嫁个我母亲满意的手艺人，在乡村相夫教子，也可能像我的许多同学一样嫁个有钱的男人。而我没有走这条传统的路，我迈出双脚，走了出去。我十六岁就到杭州讨生活，那时是一个什么都不懂的黄毛丫头，有时甚至需要忍受他人的漠视，但我无悔。我知道一个成功者的先决条件就是要学会隐忍、隐忍、再隐忍。因为能够隐忍一切，最终我才可以光鲜地出现在众人的眼前，再不用卑微对人，我以自己独特的方式证明自己，证明自己的坚定不移与坚韧不拔。

门前那宽阔的农田，依然整整齐齐，仿佛看见幼小的自己在插秧、拔草，只是不见了当年那条弯曲的渠道。来自各家的檐水缓缓流积到村庄中央的小渠里，那是我童年嬉闹的圣地。我卷起裤管站在哗哗流动的浊水中，很想知道这水究竟流汇何方。有大人告诉我，这水一直流一直流，直到温州，汇成一条江。那时我总想，要是能去温州看看那条大江多好呀，看它究竟能汇纳多少支流。

下村那棵白杨树记不得何时就消失了，是人为的砍伐，还是自然枯萎了？我见证了自己的成长，却无法见证曾经日日夜夜伫立在眼前的这棵树的未来。它是否也像一些谋生者，在恶劣的竞争下颓废了？我曾经跟随母亲到山的那一边去采茶，一大早带上夜间蒸好的土豆、地瓜，就在茶叶地旁某棵松树底下啃食，土豆皮与地瓜皮招揽来许许多多蚂蚁，它们的触角就像有强烈的商品意识的温州人一样灵敏。它们的队伍有如千军万马，浩浩荡荡地集合，我往往故意将皮连肉多剥一层扔在地上，于是蚂蚁们全都嘴上衔着美食，得意扬扬、井然有序地离开，它们兴许会默默地感谢我的恩惠。虽然它们没有说话，也没有感恩的眼神，但我确定它们是心存感恩的，期望与我约定再来。

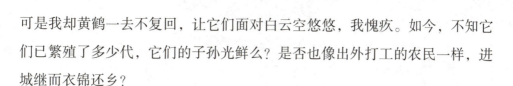
可是我却黄鹤一去不复回，让它们面对白云空悠悠，我愧疚。如今，不知它们已繁殖了多少代，它们的子孙光鲜么？是否也像出外打工的农民一样，进城继而衣锦还乡？

夕阳落尽，飞蚊飞蝇盘旋在人们的头顶周围，我与母亲各自挑着一担茶草回家，用麻袋装着，用麻绳捆着，我一步一斜地走过一坡又一坡。母亲每次都在回途中帮我挑不短的路程；母亲挑着满担茶草，咬紧牙关努力疾行，然后又飞奔回来，替我挑一段路程。母亲的双肩数不清掉过多少层皮，母亲最大的本事不是勤劳，而是隐忍，她常常叮嘱又叮嘱我，要我继承发扬这种隐忍的美德；我坚信自己秉承了母亲的诸多性格，我的内心常常告诉自己：你出生卑微，不隐忍还能如何？

山间的野莓，紫黑的，朱红的，酸酸甜甜，母亲经常攀爬山崖为我采摘。她常用柴刀把野莓枝从崖壁上砍下来，让我坐在地上慢慢品尝。如今的任何进口水果，我吃起来，感觉都不如野莓美味可口。家里还养过一只老母鸡，极爱生蛋，一个月能连接三周天天下蛋，母亲视为珍宝，因为靠老母鸡下的蛋，可添置家中需要的酱、油、火柴以及农具。可是有一年，我的腿肚子居然莫名其妙长了个硬块，并且剧痛，敷遍亲友采集的土草，吃遍邻人介绍的药方，最后我仍然面黄肌瘦，听人说吃下蛋的老母鸡汤可治，于是，母亲毫不犹豫地将母鸡送进了我的肚子。我感觉家中的摇钱树被我吃没了，很对不起家人，喝鸡汤时，我一边吃，一边号啕大哭。

我对这片土地的深情，源于对自己的深情。我往往对自己残忍，对别人太善良，被人甚至被自己最信任的朋友出卖、背叛，可是，我依然活下来了，而且一天比一天光鲜。他们害怕时光逝去，而我却开心地接受时光的磨砺，我愈来愈生气勃勃，愈来愈欣欣向荣。这，也是我深深地爱着这片土地的原因，因为它让我坚强，让我不断成长、强壮。

声声慢

　　春风吹绿了大地，春光妩媚了神州，草长莺飞、蝶舞蜂鸣。又是一个清明节，每年的这个时候，是我心中最纠结最疼痛的日子。母亲离开人世已经整整十年了，但我却始终未能走出自责的阴影。

　　十年前的端午节，在老家的母亲得知我因病卧床，立即动身，千里奔波，来到我工作的地方，为我侍食熬药，结果在一个清晨去菜市场的路上，命丧车轮。在那些日子里，我悲痛欲绝，彻夜难眠，以泪洗面，牙齿咯咯地响，浑身不停地发颤，原本几十年来均保持一百斤左右的身体，忽而消瘦至八十多斤。

　　我甚至不敢站在阳台目视前面的马路，虽然不曾目睹母亲僵瘫在街头的情景，却想象着母亲那一刻的不甘以及对人世的留恋。很长一段时间我不敢关灯睡觉，常常一个人怀抱着母亲的遗物，几度欲随母亲而去。母亲临火化时，工作人员取下她颈项上的一条翡翠坠金链，我阻止工作人员继续取她指间的那枚金戒指，因为她的指关节因多年的辛劳显得特别粗，我希望金戒指能够随娘而去。我握住母亲僵硬的手，那是一双布满皱纹、老茧和伤痕的手，上面刻着母亲既为人女又为人媳而遭受的苦难。

　　往事历历在目。祖母年轻时生活相当殷实，祖父任大队会计，因为不曾生育，才将母亲从外公家里领来作养女。虽说不是亲生，但祖母视其为己出，宠若掌上明珠，小时候的母亲享受了足够多的浓情厚爱。母亲的灾难实则从成婚后开始。父亲愚拙而墨守陈规，只会蛮干粗活儿。祖母生性强势，唯我是尊，使得母亲左右为难：一方面得听命于祖母循规蹈矩，另一方面又需要暗地里维护丈夫的尊严。

　　姐与我相继出世，父亲私自做了结扎手术，继而又劳动受伤，所有的苦累活儿便全压在了母亲的身上：参加劳动赚工分，自留地又得耕种抢收，料理繁重的家务，侍奉养母与丈夫……从此，母亲过起了暗无天日的日子。祖母恨我的父母没有为他们生个男孩子，怨愤一直留在她的心里，祖母的那根长烟管，很长一段时间成为父母心头时刻恐惧的魔棒。

记忆中有一段时间，母亲宁愿拼命地在外地挑沙担土，也不愿意回到家中，只有不得已时才颤颤巍巍地走进家门。那时，父亲因病休养，偶尔只能做些轻活儿，祖母切齿冷眼，出语即伤人。父亲又是不开窍的葫芦，不会以柔攻坚，而是反唇相讥，这无异于火上浇油。父亲欲弃家返回亲人身边，可那里除了更偏僻更贫困不说外，也早已没有了他的容身之所——奶奶早早过世，年迈的爷爷守着一间草棚陋舍，兄弟各立门户，各扫门前雪，也无能相助。父亲户口迁走了，田地随人，在那仅靠农田为生的年代，无房无田是无法生活的，这更加剧了祖母的骄横，从而使父亲颜面尽失，但却又无力另起炉灶。母亲于是成了家中日夜转动的机器，一家五口的生活，令她心力交瘁。最终，父亲以自杀的方式求得解脱。而他的"结束"，实则又是一家新的绝境的开始。这种伤害，深深地影响着全家每个人的人生。祖母、母亲、姐姐和我组成的四口人的家庭，如同尼姑庵，一样寂寞无趣，整整六年时间。这六年，应该说是全家最艰难的六年。

母亲侍奉祖母十年如一日，端屎倒尿、喂饭擦背、梳头剪甲、苦心安慰。鸡啼三更，母亲的双手就忙开了。她悄悄起床，急急穿好那件缝了又缝的大开襟上衣，为我姐俩将被子裹好，静静离开卧室奔向厨房。辰星未隐退，她就挑着水桶去后院取井水，然后开始生火做饭。母亲去盛米时，总是小心翼翼地掀起缸盖，生怕惊醒熟睡中的我们。我常见母亲舀米颇为犹豫，有时从淘米盆里舀些回米缸，有时又从米缸里舀出少许。

不懂事的我，哭闹着不想吃地瓜稀饭。于是，当米煮至米花时，母亲就将米花捞出几勺到瓷杯，再用柴炭沿着瓷杯烤熟，瓷杯烤出来的米饭香喷喷，那是母亲为我做的天下最香美的"宫廷御饭"。而锅里继续烧的是地瓜饭，并且母亲特地加了碱粉。加了碱粉的米花如爆米花，不但清香好闻，更重要的是碱粉能够将米最大化，煮起来分量特别多，一小勺米就能煮一大锅。那时我不懂母亲心里的苦，还取笑母亲有膨化米粒的神奇妙方，殊不知母亲是为了让米最大地发挥填腹功能。

母亲在这个锅里煮饭，另一口锅里煮着沸腾的猪食。猪食是母亲利用在生产队劳动休息时，急匆匆地从田头地尾采摘的野菜。野菜原本可以生食，但母亲为了一年能够卖两回猪，力争让猪六个月就出栏，便把野菜煮熟。母亲试验过得知，煮熟后的野菜能够促进猪的食欲与消化，猪长起来更快。忙好了厨房，母亲赤裸着双脚从猪栏里取肥，挑往自留地。到了自留地，母亲先是摘菜，继而除草、铲土，然后就是下肥。完事后，母亲带上菜奔回家炒好，再给奶奶打洗脸水，梳洗喂饭，再趁着喂猪喂兔间隙，自己胡乱扒拉几口饭，又背上农具赶上生产队出工的队伍。就是这样，她还觉得手稍有空闲，有时候她一边急走一边为我们团毛线。夜间，母亲的腿脚与手指时常抽筋，腿肚肌肉收缩成坚块，却不敢喊出声。蒙眬中，我见母亲艰难地移步下床，一手扶住床沿，一手竭力摩擦，双脚奋力踢蹬。母亲如此吃苦而顽强的情景，在我心中长久萦绕。

母亲最喜欢春季了。一到春天，农民们播下谷种，在种子尚未发芽时，为了防止麻雀偷食，队长须安排社员驱雀。尽管这种安闲轻松的活儿不是每年都能轮到，好心的队长偶尔也会安排给母亲。这时，母亲会多扎几个稻草人，拴在田间绳子上，再安插几个在田埂上，一旦看见有麻雀飞过来，母亲便一边举起长长的竹竿作舞势，一边张口作长哨声，借此吓走雀贼。母亲见田间太平后，就可私下织毛衣、绑鞋垫。好几回，趁母亲忙于赶雀时，我偷帮了几针，母亲居然没发现，直到后来我主动"自首"，母亲还直夸我小手灵巧，这时，我就双手扶着母亲的肩，边捶边撒娇。

夏天，母亲常常要去采摘夏枯草。夏枯草生长在山岭陡崖上。烈日炙烤着大地，母亲背着麻袋，翻过一坡又一坡，将绵柔柔的夏枯草采进麻袋。她弓着腰，肩上扁担的一头是夏枯草，另一头是拣来的松蛋。母亲的双手，粗糙得如晒干了的夏枯草与松蛋，是苦难生活镂出的印记。

秋临大地，山菊花像城里女人的香水，肆无忌惮地让山野沾上了芬芳，沁人心脾。母亲去采割山菊花，俨然一副侠女穿戴。那时，她头顶笠帽，身系草绳，腰别柴刀。她将山菊花连茎一起割来，菊花卖钱，菊茎烧炉，一举两得。

母亲虽然大字不识几个，却会写自己的名字。因为她自己名字中有个"囡"，便也以"小囡"唤我，直到我为人母之后，她仍然不更改叫法。小时候，我一直觉得母亲非常土气，如今回想起来，母亲的土气里沉浸了多深的爱意与浓情啊！

冬雪茫茫，寒气逼人。母亲坐在一个小炉旁，在八仙桌上修改亲戚家送来的旧棉袄。母亲将旧袄一针针拆开，剪短几寸，在前后两边加进几团棉花，又一针针缝合。我亲眼看见，母亲将一床破旧的蓝底白花被，剪下部分，双层合一，缝补在她自己几番修制的卫生衣上。

好在后来，国家政策发生了变化，田地按人口分到家庭，耕种由自己支配。在这节骨眼上，祖母看中了邻居潘家的老二，欲将对方入赘，与大孙女婚配。姐姐当年才十五岁，哪儿懂什么婚姻，只以为来个哥哥帮忙耕田砍柴。

邻居潘家四子一女，相貌最出色的就是老二，清俊斯文，腼腆稳重。托人媒介，不料潘家也存此念想，于是一拍即合。在一个月朗星稀的夜晚，两家人请了重要的亲戚，各自分坐堂屋，无任何手续也无任何操办就算达成了"过户"。从此"尼姑庵"不再，我与姐姐有了哥哥。

哥进门时，母亲已经还清了父亲遗留下的所有债务，并且视哥如己出，甚至从此将所有的家当都注上哥的名字。这让哥很有归属感，更有成就感。哥对祖母对母亲唤得格外亲甜，使得祖母逢人便夸、见人即赞。哥的诚实勤快很得人心，同村老少无不称道。自那时起，坊邻伙伴对我全家人再也不敢冷语相欺、恶行相加。姐姐长至十八岁，遂奉祖母之命与哥成亲，从此哥哥成了我的姐夫，但我直至今日也以哥相唤，不曾叫过一回"姐夫"。

姐夫的加入是我们家的幸运。姐夫来到我们家也是幸运的，他享尽了尊严与疼爱。母亲那双四季不曾停歇的手，为我们建立了一个坚固安定的家园，牵引着我走向人生征途。母亲的手如一团火焰，照耀了我的前半生。

温暖的隐痛

　　除夕，是个温暖的日子。无论是在外漂泊的游子，还是坚守在家的亲人，一年到头盼望的，就是这一日的天伦之乐。这一天代表游子归家，这一天代表亲人相聚，这一天代表除旧迎新，这一天代表抛却所有的哀伤与不悦。在这一天，每个人的心情就像炉子的柴火，红旺红旺的；像灶上的油锅，滚烫滚烫的。

　　除夕这天，家家户户一早就围着灶台不停地忙碌，切、削、揉、捏、剁，案板始终疼痛地叫喊着，刀锋始终欢乐地吟唱着，那是人们心头最激奋的歌谣。热腾的白气飞舞在整个厨房，有的从细窄的门缝中潜逃，有的从烟囱的墙壁里凌空驾腾，有的则痴缠成一团嬉戏。煎、熬、炸、炒、蒸，炉锅全然没有丝毫喘息之机，淡的、甜的、酸的、辣的，摆满了灶板。

　　记得有一年买不起年货，母亲只能将自家养的一只鹅杀了过年。可我十分不舍，因为鹅是我喂大的。鹅每天看见我放学回家，便亲昵地扬长脖子，急切地呼唤我，仿佛我是它的救星。我一到家，就会马上放它出窝，带着它去棚舍牵了牛，一起外出。我一边赶鹅一边牵着牛，慢悠悠地走在门口的机耕路上。鹅经常食到脖子粗粗也不肯罢休，一边拉屎一边食草，因此养三个月就很大了。母亲杀的鹅并未成为我们的佳肴，而是用来待客。鹅在除夕当日杀了祭祀，然后切好用竹笼悬于厨梁。春节客至，母亲夹出两块早已剁好的鹅肉，铺在煮好的面条上。客人大多了解我们的家境，食前就将鹅肉夹出，仅吃面条。尽管夹出的鹅肉令我们垂涎三尺，但我们都会乖乖地听从母亲的安排，待客人走后，鹅肉被母亲夹回竹笼。

　　后来日子稍微宽裕了些，母亲就会在冬至后想法买回一只猪头，先将猪头内外抹上一层盐，再用麻绳穿过猪鼻，高高地悬在厅堂的檐下。我们每天在猪头下走来走去闻着猪头的香，巴望新年快快到。除夕当日，母亲不辞寒冷，大清早去屋后的泉井挑水，将水缸装满，一直沉寂的大锅终于开始工作，一口用来炒八宝菜，一口用来熬猪头。所谓的八宝菜，就是将豆芽、酸菜、海带、豆腐、红萝卜几样切成细丝混炒，炒出来的菜别有风味。炒好后的八宝菜装进泥坛，放几个月都不会坏；临吃的时候从坛里抓出一碗，即可配饭。腌制风干已久的猪头在沸水中慢慢熬出香味，在灶前添柴火，那是我喜欢做的事，因为可以一边添柴一边猛劲地吸气，仿佛可以将猪头的味道通通吸进肚子里。母亲屡次将筷子插进猪头里面试看，待它熟透，方捞出热气腾腾的猪头摆到案板上，切出厚肉部分。骨头上有些不可以用刀切下的剩肉，成了姐姐与我的专享。母亲专挑猪嘴的那一块肉给我吃，因为那一块剩肉较多，并且我喜欢吃齿边的那些白色的嫩骨，咬在口中，脆脆的、香香的，恨不得香味永远留在嘴里。

其实娘出身的家庭堪称"贵族"。在娘未出生前，曾经在上海拥有两家纺织厂的外公已育六个儿子。舅舅回忆说，外公在上海的住宅有很大的庭院，家具几乎都是白藤制品，外公流浪时经常随带一台放唱机谋生。六十多年前可以拥有这样的条件，是非常不一般的。若不是出自舅舅之口，我很难相信这是千真万确的事。因为我所知道的外公，生活在农村，靠打铁卖铁具为生。因此，娘出生前外公的所有景况，我只能从舅舅口中得知。外公是浙江永康人，永康人历来就有走南闯北从事铁业的传统。如今，永康的五金产品已畅销世界各地。

外公姓沈，弟兄五人，他排行老大，年轻时就独闯世界，于上海立足，创办了两家纺织厂。最小的弟弟留学俄罗斯，外公承担了弟弟所有的费用。弟弟留学回国后，分配到上海机电设计院。战乱时，外公前往江西创办锅炉厂，正当生意做得风生水起时却发生了意外，只好丢弃所有产业，偷偷离开江西，返回浙江，落脚于永康的邻县武义县。

外公的家坐落在武义县一个叫溪口的村庄，家中有一个非常大的庭院，有很宽敞的天井，种有花木藤草，足有几百平方米。只是这座庭院非外公独家所有，住着好几户人家，他只有其中几间。随同外公的是他的第二任妻子，多年不能生育。外公的第一任妻子与六个儿子均定居上海。为了膝下有伴，外公决定借妻生子。于是，已经结婚并已育一子的刘氏因家道贫穷而被外公"借用"。为了生存，刘氏忍辱负重，与外公的第二任妻子共侍一夫，不久，生下了我娘。娘长得清秀，外公夫妻欣喜若狂，百般娇宠，视娘为掌上明珠。事后外公将刘氏还与原主。从此，娘尽管吃穿富裕，却失去了血浓于水的亲母呵护。

娘四岁时，外公的第二任妻子生下了一个女儿；有了亲生女儿后，外公的这位妻子对娘的态度大变，常常不让娘吃饱饭，动不动还打骂我娘。三年后，外公又添丁，这下娘的日子越发艰辛。外公惧内，无奈之下，将娘送给了吴家当养女。吴家少夫老妻，妻子比丈夫大了十一岁，没有生育。娘自小离开她的娘亲，唤一个不是亲生的娘为娘，如今再次唤另一个人为娘，命运弄人，几次易手，就像一件衣裳那样让别人换来换去。我时常想，若是当年外公不将娘送人，或者让娘回到她亲娘的身边去，都不至于让娘遭受后来的苦难。可是幼小的娘，命运握在别人的手里，任人摆布。有一回，娘亲口告诉我，她多想一辈子只唤一个人为娘啊。可见，在娘的心底，隐藏着深深的身世悲凉！

在吴家为女后，娘的日子倒是过得稳定。养父让她去上学，她却偷偷去看人家做针线活儿，到了放学时间才回家。任大队会计的养父和善老实，养母却是个急性子，而且唯我独尊。受尽养母娇宠疼爱的同时，只要稍不如意，便得到她那根长长烟管的"侍候"。娘的养母不让娘与自己的亲生父母亲来往，若被发现偷跑去见亲父，就会招来一顿烟管。生母逢年过节给娘寄东西，都被养母拒绝。

心灵手巧的娘在纺织丝带时轻快地挥动梭子，如同在弹奏一曲《春江花月夜》。那丝带主要的用处是背孩子。大人忙于活计时，便用丝带将孩子捆绑在背上，既能时刻随身看管，又不耽误干活儿。记忆中最深刻的就是看电影结束时，我假装睡着，娘只好手上提着板凳背着我走。娘走在崎岖不平的夜路上，小声哼着越剧唱段，那是我人生最美的享受。

　　每年的春节，鞭炮声此起彼伏，不绝于耳，让人感觉逼仄的山乡之夜显得辽远而空阔，令人思绪翻腾。多少个这样的寒夜，我与母亲共守青灯。上床后，母亲总会爬过另一头，将我冰冷的双脚抱在她的怀里，用她的体温焐暖。她一边与我细说家常，一边用双手揉我的双腿。半夜，母亲常常悄悄地煮好一碗米粉，端到我的床前，静静地看着我吃完。清晨，当我还在梦乡，母亲早已在炉灶边忙碌，用粗大的柴烧火，为了生炭。待炭火生成后，娘装进火笼里，然后把火笼塞进我的被窝，供我取暖。随后，娘打好洗脸水，端在床前的椅子上，我一边用火笼烘脚一边洗脸。

　　如今与娘阴阳两隔，唯有那冰凉的瓢盘，依然可以追寻母亲的痕迹。

朱姨的芝麻糕

如今市面上五花八门的糕点，其香扑鼻，其色诱人，其形可人，但我始终难有食欲，真正令我口舌生津的还是朱姨的芝麻糕。那年，我刚刚中学毕业，在一个酷热的午后，我帮母亲将一捆芝麻背到离家不远的供销社去卖，虽然只是一公里之遥，可我一心念着快快卖掉，好赶回家帮母亲做芝麻糕，我舍不得停下喘息，来到供销社后，才发现汗水已浸透了我身上的旧衣裳。

供销社收购员是年已花甲面目慈善的朱伯，过完磅，一看足有十八公斤，夸赞我小小年纪好有力气，又心疼地感叹。的确，对于一个年仅十六岁的女孩子而言，这并非易事。然而，在附近几十户人家的村子里，我家的窘境是出了名的，再因我长得与少时的母亲简直像一个模子里刻出来的，所以几乎每个人都认识我。我从好心的朱伯手中取过那张收购单时，满怀喜悦并感激地回望了他。我举着票据来到付款处换取三十多块钱，谨慎地塞进深深的裤袋里，还仔细地将裤袋来回翻弄了几下，生怕有洞漏了出去。

我兴奋得一步一跳，正欲冲出供销社时，朱伯突然急切地喊住我，让我等等。他说他们家蒸笼里正蒸着糕，让我稍等片刻，吃了蒸糕再回去。在那什么都需要凭票据购买的年代，我们家最常吃的只有两样：地瓜饭与地瓜稀饭，其他的东西平时几乎难得一尝。糕，只能在春节时象征性地蒸一点儿，用来招待客人，也用作祭品，是不可能敞开肚皮吃的。

朱伯领着我穿过收购门堂来到后院，那是一间残旧低矮的房子，此时雾气缭绕，原来朱姨正借用食堂的大锅蒸糕。慈祥的朱姨一开口便是那夹生的兰江宣平普通话。在浙江，几乎每个县的方言都不一样，甚至一个县也有几种口音，但我们彼此还是能听懂。朱伯背井离乡在我们这个乡收购站任职已经许多年了，他为人温和、谦顺，再者他有时会帮村里人插个秧、换个灯泡什么的，所以乡里大大小小的人他都认识。他俨然已是我们乡里的一分子。朱姨没有自己的固定工作，时常在老伴与孩子两边奔波照料。

不一会儿，朱姨掀开蒸笼竹盖，用一根筷子往糕里插了一下，又立即取出看了看，只见筷子头部已不再黏稠，说明糕已经蒸熟了。朱姨麻利地用双手抬起锅里的蒸笼，又将一块方方大大的菜板均匀地涂上了些许生菜油，然后将蒸笼以最快的速度倒置在菜板上，缓缓撕去白色纱布，露出绿油油、水灵灵的糕。我开始以为是艾糕，其色其香看着一模一样。朱姨又取过一把蒲扇，用力挥动着，清香随风窜进鼻子，直教我垂涎欲滴。朱姨轻快地切下一块，然后用筷子插上递给我，我伸手接过，吹了吹热气，急切地咬下一口，还是很烫，细细地咀嚼着，口感丝丝甜滑、寸寸清香，我好好地吃了个够。朱姨又将切好的几块糕用荷叶包好，要我带回家，给家人品尝。

我正欲讨教朱姨这是用何而做成的，朱伯便开言了。这个时候我才知道，朱伯夫妻是离我们乡下百余公里外的兰江人，他们的祖先是从中原逃荒来到江南的。大凡逃荒之人来到人生地疏的地方，没有任何人可以依托，日子自然过得比其他人艰苦，常常无以果腹，只好四处寻找食物。就这样，他们来到飘飘摇摇、青青绿绿的苎麻地，见到了苎麻的叶子如此鲜嫩，心想这与平时吃的青菜有何区别呢？便采了些苎麻头回去，然后焯水、拌盐充饥。没想到，吃下这些苎麻头之后居然神清气爽，通便利尿消滞，于是开垦大片荒地种植苎麻。后来，生活条件好转后，他们便将面粉掺和蒸着吃，竟然非常好吃，于是苎麻糕便这样传了下来。倘若当年没有这些苎麻，朱姨的祖上说不准就饿死了，也就没有了今天的朱姨，因此，苎麻于朱姨他们而言，并非仅仅苎麻糕而已，简直是他们祖上救命的圣物呢。

其实，制作苎麻糕的过程与艾糕毫无二致。首先将鲜嫩的苎麻头采下，用开水焯两遍，反复冲洗，慢慢剁碎，再掺入适量的米粉、红糖及生水，搅拌均匀，倒在铺有白色纱布的蒸笼上，用最旺的柴火烧个把小时，再焖上一会儿，基本也就熟透了。黏韧有度的苎麻糕呈墨绿色，未沾朱唇已留香，轻轻咬上一口，丝丝滑滑，温温软软，让人舍不得急速吞下。

时至今日，我依然时常怀念朱姨的苎麻糕。那时节，朱姨的苎麻糕不仅成了附近乡亲们交口称赞的食品，不少乡亲还争相仿学制作。如今，在我家乡，采苎麻的季节，人们还会蒸上几笼苎麻糕，自食或待客。

外出工作后，母亲总是在我回乡时做出热气腾腾的苎麻糕，让我吃到过瘾。我定居闽南后，母亲还不忘将在家乡蒸好的苎麻糕放在有着空隙的竹篮里，千里迢迢递送到我的手里，母亲的这份亲情让我深深感动。时至今日，我依然盼望能吃到母亲蒸制的苎麻糕。遗憾的是，现在我们过上了好日子，可母亲却早已离我们而去了。

2020年春节期间，我回乡省亲，专程在除夕前驱车一百四十余公里，赶赴兰江，拜望早已退休回故里的朱伯夫妇，想来他们已是八十余岁高龄了。可惜的是，当我来到朱姨夫妇当年留给我的地址时，那旧址之上，古街低檐瓦房早已不在了，展现在我眼前的是高楼林立，朱姨夫妇不知去向，唯有兰江滔滔……

第五辑

脉脉芊语

乘风而行

通常情况下，每个人只有一个外公一个外婆，可我的家族实在特殊，非但有两个祖父、祖母，甚至外公、外婆也有两个。

我母亲姓沈。首先，我得先介绍一下我的亲外公沈家外公。记忆中，我对这个沈家外公毫无感情。亲外公长得人高马大，印象中最突出的是他那撮浓浓长长的胡子。母亲八岁便被人带走做养女，听说走时连鞋子都没穿，衣服也是一身破烂，这并非因为沈家外公的经济条件不好，相反沈家外公是那个村子条件最好的。我那原本就比较吝啬的外公在妻子的淫威下冷落了我的母亲。而不是母亲亲生父亲的刘家外公，对待母亲却视如己出，在后来许多日子里，刘家外公喜欢对母亲说说贴心话，更将平时替人照看鱼塘私藏下来的钱悄悄塞给母亲。这使得我至今尚存疑问：亲疏关系是否以血缘衡量？

沈家外公原籍在离我的家乡近百公里之远的浙江永康。在我们这儿，不知何时有句骂人抠门的口头禅——永康精。这个叫法在当地人人皆知。我的祖母对外公既不唤亲家，也不呼名字，而是直接叫他"永康精"。永康自古出五金，现在的经济也是走在金华几个县的前端，而外公那个时期就有独特的眼光，成了一名打铁匠。沈家的家境当时就比较优越了，因为沈家外公会打铁，又是那个乡唯一的铁匠，几十个村子每家每户用的铲子、镰刀、牛耙、铁锹等一切与铁有关的农具机械几乎都出自他手。因此，沈家外公家住的是像极了御园中屋顶四角尖尖的大合院，就连门窗、门柄也有花草百鸟的精美雕工。沈家外公的妻子多年不能生育，于是想出了借腹生子的法子。难以想象的是，那个年代不仅借腹合法，而且亲外婆的丈夫也没有异议。可见当时环境之恶劣，为了生存，屈辱与痛楚只能埋在心底，在存亡面前，不容你思考尊严。

经人说合，沈家外公将姿色秀丽的外婆接了去，于是在一夫二妻的环境下，我的母亲出生了。迫于沈家外婆的淫威，孩子刚满周岁，外婆就被沈家外公退回了自己的家。母亲一开始享受着小姐般的待遇，沈家外婆一口一个"宝贝"地叫，出门有轿子，衣来伸手饭来张口，可谓锦衣玉食。岂料母亲五岁时，沈家外婆生了个女儿，于是母亲的苦难日子开始了。母亲不仅受尽沈家外婆的凌辱与打骂，还要服侍不是母亲的母亲坐月子，给妹妹洗尿布。雪上加霜的是，过了两年，沈家外婆又给母亲添了个弟弟，从此，沈家外婆更视母亲为眼中钉，稍有不慎，母亲便被打得鼻青脸肿。沈家外公每日在外做事，加之惧内，根本没有能力保护这个女儿。

在母亲八岁那年，经人介绍，祖母用一只羊将母亲"赎"了出来。从此母亲极少踏进沈家门槛。沈家夫妻的势利与吝啬是出了名的，尽管家财不少，可惜不长寿，我出生后未见过沈家外婆，而面对冷漠的亲外公，即便春节拜年我也是不愿去的。因为，我与沈家小姨的女儿同时在外公家做客，表妹表弟是有红包的，我与姐姐则分文没有。为此，在我幼年时代就已去世的外公，我几乎再无挂念，似乎他从来不曾住进我的心里。再后来，只要一提外公，我都以不是亲外公的刘家外公为外公，从不将亲外公沈家外公列入，以致沈家外公外婆何年去世，我都毫无记忆了。小姨与舅舅也极少来我家，在他们心中，或许也从没有把我的母亲当作他们的姐姐。在凡人心中，只有幼年时期疼爱你的人才是真正纯粹的疼爱，等你长大了可以自立了，人家对你好，往往是看在你风光的份儿上，对你另有所图？谁需要虚伪的爱？

外婆回到自己的家，总算夫妻恩恩爱爱。之前他们就育有一子，随后又接连生下两个儿子。其间，外婆与母亲始终难得见面，专制独断的祖母很担心外婆把她的亲生女儿要了回去。1969年，外公外婆带着三个舅舅迁徙到四十公里外的县城郊区居住，从此更断了母女消息。偶尔外婆回娘家，也是需要托人悄悄唤出母亲，背着祖母匆匆见上一面。有一年春节，外婆又趁回娘家时送给母亲一块丝线围巾，母亲顶着寒冷不敢围，揣在怀里，最终被祖母发现，受一顿拷打。

外婆、母亲、我三个人在一块儿，说不是亲人打死也没有人相信。遗传的不仅仅是外貌，就连脚抽筋这样的怪病也遗传下来。当然，这个遗传很不幸，外婆、母亲、舅舅、姐姐与我以及外甥，个个都这样。医生说是缺钙所致，而我的指甲却硬如生铁。外公与外婆相敬如宾，竭尽全力呵护一家。只是最小的舅舅在十岁时被他自己的舅父收为养子，因此唯有大舅与二舅在身边。大舅结婚后就分家过日子，老实巴交、土里土气的大舅时常被年轻漂亮、聪明能干的舅妈欺负。这也难怪，大舅比舅妈大了十四岁，况且大舅长得矮小瘦弱，舅妈长得俏丽，这对夫妻在外表上是极不般配的。他们年轻时更是聚少离多，舅妈灵活，时常跑去外面打工，留下舅舅在家带着两个女儿一个儿子。好在如今年老，舅妈一改前性，对舅舅照顾体贴，所在的地方又是开发区，地皮涨势厉害，儿孙满堂，总算可以安度晚年了。

二舅长得高大俊气，十八岁参军，在部队待了近六年；二舅为人率真豪气，从不拍马溜须。不过，他转业回来分配到乡政府工作，娶了个当播音员的妻子，也算是所有亲戚中最令人羡慕的典范了。知书达理、外表静雅、心地温良的二舅妈是亲戚中最值得我敬佩的人，生平也是二舅妈最疼我。外婆患病卧床几年，都是二舅妈一手照料，喂饭、清便、洗面、擦身，照顾得细致入微，直至痊愈。邻人亲朋对她的好评，就像她一日三回侍弄的广播——名声远扬。二舅妈还做得一手好菜，人人不愿释筷。每每春节拜年，我真是不舍得离开。二舅妈陆续生下一对儿女，因为工作要住在乡政府，两个孩子就跟着奶奶，表妹表弟每天上学，必须吃了外婆的蛋炒饭再走。二十年朝暮相处，祖孙之情深厚非凡。

外婆还有一个绝活儿，那就是做豆腐渣球球。平常人家做豆腐只吃豆腐，剩下的豆腐渣就用来喂猪。外婆自小在恶劣的环境下长大，即便已为人妻，为了生活忍辱负重被人借腹生子，可以想象外公家境是如何艰苦。外婆竭尽所能，只要能够填腹的东西都会利用起来。有些大户人家做了豆腐后豆腐渣不要了，外婆就去要了来。她先将豆腐渣放上盐在锅里炒一炒，捻成一个个如汤圆大小的球球，然后就摊在竹篮里，在太阳光下晒干。遇上去较远的田地里干活儿，抓几个豆腐渣球球放在口袋里充饥。我在当地的奔流化工厂打工期间，外婆给了我整整一大包豆腐渣球球，在无任何零食的打工期间，这一大包豆腐渣球球曾陪我度过漫长的岁月，让我体味着外婆的疼爱。做豆腐渣球球的绝活儿也同样传给了母亲，母亲又把绝活儿传给了我姐姐。如今我家中的冰箱里，尚有春节时从浙江老家做好带来的豆腐渣球球。当下并非我买不起好吃的东西，但这豆腐渣球球却让姐姐和我忘记不了。

俊俏而腼腆的外婆是非常讲究形象的。外婆始终戴着帽子，她有风湿病，一遇风寒头就疼，当时生孩子时没有坐好月子，在家徒四壁的境况下，生下孩子第三天就要下地干活儿。20世纪三四十年代的冬天，天气比较冷还特别多雨雪，阴冷潮湿的季节，普通人都冷得发颤，更何况刚生完孩子身体非常虚弱的外婆。因此，生活条件好转后，二舅妈经常给外婆买帽子织帽子，夏天时戴薄的，冬天里戴厚的。我也曾经给外婆买过帽子、袜子，外婆戴着帽子逢人便夸，说我这个外孙女最心细最孝顺。孝心，其实无须金银首饰，无须大把钞票，有时，只要一个贴心的问候，一个实惠的小物，一个温暖的举止，就可以把老人家逗得开心、满足。外婆一共有三个孙子、四个孙女，外孙女就我和姐姐，在如此众多的孙辈中，外婆最疼爱我，这不仅因为我长得最像外婆，也因为我的甜蜜小嘴与麻利勤快让外婆最称心。每回去外婆家，外婆做饭烧菜，灶台下添火的人肯定是我，抢着喂猪洗碗的也是我。二舅与二舅妈的单位与家里有一段距离，因工作关系不能餐餐回去陪外公外婆吃饭，但是舅妈做了好吃的会踩上自行车匆匆送回去。二舅妈是我学习的榜样。更令人称奇的是，我与二舅妈是同一天的生日，这似乎更坚定了我学习二舅妈的决心。

我第一次打工的厂地，在离外婆家两千五百米之外的一个村庄。有好几回，我过山穿林，急匆匆到外婆家去，每次外公见我去，都会在我的衣袋里塞上五元，我硬是不肯收，那时一碗鲜肉大馄饨才两毛钱。外公与外婆都有个习惯，只要我去了，每次总会多少给我一点儿钱，哪怕五毛。外婆见到我的第一件事情就是先烧上一碗酸菜米粉或酒糟米粉，然后给我炒上一瓶酸菜肉。所以，直到今天，我的至爱还是酸菜与米粉，每每吃到酸菜与米粉，那些关于外公外婆的往事就会如潮水般涌上心头。

勤劳忠厚的外公不吸烟，但喜爱喝点儿小酒。外公有酿酒的本领，别人酿的酒有时因为没有挑个好时辰，酒是酸的。可外公酿酒从来不挑时间，在家中粮食许可的情况下，只要喝完了就马上动手准备。我有几回去外公家，正好赶上外公做酒，外公便急忙在蒸笼里装碗满满的糯米饭，再加两勺白糖，拌好给我吃。现在每当街头有卖糯米饭的，我总会忍不住买上一包，似乎咀嚼着外公那一份不同寻常的疼爱。年老的外公背驼得厉害，尽管二舅、二舅妈不让他出去工作，可勤劳的外公是闲不住的。曾经多少回，外公出去找工作，别人都知道他是二舅的父亲，便不敢收。外公好说歹说，才找到工作，别人也特别照顾他。外公看个门，其实活儿是非常轻松的，就图凑个热闹。可是二舅知道后，把老板狠狠训了一顿，说老头儿驼着背，年纪又大，还要这样的人，此后再也无人敢接收外公找工作了。

后来，外公在一个很熟悉的朋友那里求得一份看护鱼塘的活儿。白天是不用去的，主要是夜里巡查，防止有人偷鱼。尽管舅舅、舅妈一再劝阻，甚至在老板面前三番五次劝阻，但由于外公与老板关系非常好，鱼塘又离家不远，最终不得不随了外公的意愿。鱼塘旁边，正好有块空地，外公白天就浇浇铲铲，外婆有时也跟着去侍弄。晚上外公则去鱼塘边搭的简易小木房看护鱼塘。其实看护只是个样子，事实上几乎就是去睡觉。这样的日子，外公过得充实而快乐。我以为外公这样的日子会一直延续，可是在1989年，身强力健，只有点儿哮喘的外公，却突然过世，终年七十四岁。

心地善良的二舅是刀子嘴豆腐心，在乡政府也是出了名的怪脾气，不过大家都喜欢他。二舅与二舅妈的工作在当地是比较好的，二舅一向雷厉风行，二舅妈声音悦耳。二舅妈2023年已经五十九岁了，唱起歌来还是十分动听。二舅与二舅妈是同村的，又是同年的，只是二舅妈比二舅大了几天，门当户对，郎才女貌，这样的婚姻果然美满。小舅因为从小给舅公当养子，与我家住得最近，外婆在外公离世后，经常在小舅家与我家轮流住。外婆觉得亏欠最多的是她生养后却送给了别人的这两个孩子：一个是生下的女儿却不能留在自己的身边照顾，只能留下被人凌辱，自己却一点办法也没有；一个是生下的儿子给了自己的弟弟，虽然也是在自己的亲人身边，可哪个母亲不希望自己的孩子围在自己的身旁？

外婆对外公的突然离去非常哀伤，整日暗泣，母亲便把外婆接到我家住了一段时间。在儿女的百般安慰下，外婆的心情才渐渐好了起来。外婆与祖母都是美人胚子，而且都喜欢穿旗袍。小巧玲珑的外婆也是一头长长的飘逸头发。1997 年 6 月，七十九岁的外婆几度病危，舅舅说外婆一直惦记着我，我从北京匆匆忙忙赶回家乡。到达外婆家时，已是 28 日的中午时分，母亲正为外婆梳洗，我抚摸着外婆依然柔顺的头发，低泣不已。外婆认出我来，气若游丝地呼唤我，我以为外婆还会好起来。正当我与母亲用餐时，噩耗传来，我们丢下碗筷飞奔过去，可是，外婆的手已经僵冷。病危时，外婆一直吩咐大家，走时要穿我给她买的袜子，可见外婆是多么疼爱我。

家乡有个传统，老人一般过世后三天出殡。7 月 1 日，香港回归之盛况电视直播，甚至广播里雄壮的军乐声不绝于耳，我却哭号着看着瘦小的外婆被人缓缓送入灵柩。外婆安详地躺在那里，我拂了拂她额头上的发丝。整个家族以及舅舅、舅妈的挚友近二百人，浩浩荡荡地送外婆上路，场面之宏大让所有过往的人惊叹。我在想，原本就会过日子的外婆真会挑日子，居然早就给自己预算好了，让香港回归这份荣耀与骄傲的歌声，陪伴她再也不用受苦的来生。

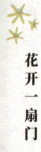

山河岁月

祖母四代同堂，八十三岁时离开人间，含笑九泉。祖母之所以能够长寿，得益于母亲无微不至的照顾，这在乡里是远近皆知的。

祖母和我们家关系很特殊。其实，祖母既不是父亲的母亲，也不是母亲的母亲。祖母和我们家并无任何血缘关系，然而她却比亲祖母还要亲。祖母原是本地的富家子女，本家姓祝，兄弟姐妹共有八个，她排行老七，其他姐妹都是乡里老实巴交的农民，不过她的弟弟倒是念了不少的书，还跑过许多码头，并且曾经在青海担任不小的官职。祖母的弟弟是祖母诸多兄弟姐妹中唯一享受退休金的人，那时家乡村庄及邻近村庄在外当干部的实在凤毛麟角，这令祖母非常自豪，方圆十里全都知道祖母有个出色的弟弟。祖母的性格比较急，喜欢唯我独尊，或许是她出生在富裕家庭的缘故。听母亲说，祖母曾经被许配给了一个门当户对的人家，可是祖母从小娇惯，不愿受大人摆布，所以才与从福建逃到浙江的祖父成了亲，遗憾的是，祖母一生都没有生育。

祖母在养尊处优的环境中长大，肌肤细白如雪，五官玲珑，秀丽姣好的容貌自带一种贵气。祖母属蛇，因不曾生育，外形体态一直非常好，即便到了老年，也变化不大，肥臀丰胸杨柳腰，一袭柔滑清亮腰部的长发，始终用支银簪别得整整齐齐。祖母常常穿着合身的旗袍，又是三寸金莲玉足。年轻时的美丽，造就了她自傲自负的个性！外表俊逸能写会算的祖父为了躲避兵役，从福建逃往浙江，虽然同行的有几个兄弟姐妹，但大家为了生存，自顾自找地方安顿。真是千里姻缘一线牵，大方好胜的祖母在茫茫人海之中，偶然相识了祖父，一见钟情，私定终身，在包办婚姻盛行的年代却自主嫁给了祖父。敢爱敢恨的祖母此举无疑是对封建传统意识的背叛，离乡背井的祖父

为此十分感激祖母，且祖母烹织农耕样样能干，俩人婚后的家庭生活被祖母打理得井井有条。结婚时，祖母陪嫁的嫁妆十分丰厚，而祖父却近乎一无所有。他们后来在离祖母娘家十公里之外建起一幢土坯房，相邻的是祖父的一个姐姐。祖父母的房子虽然建在一个山坡中间，但祖父母勤劳恩爱，开垦了大片荒林，种苎麻植小麦，栽地瓜培绿茶，又加上能写会算的祖父在公社当会计，所以全家人的生活过得和和美美。

祖母最大的嗜好是吸土烟，无论干活儿时还是闲暇时，总是不忘那根从娘家带来的价值不菲的烟管，干活儿累了，嘴角含上那根烟管，便又精力充沛起来。而温文尔雅的祖父恰是个乖乖"媳妇"，所有的事务全凭祖母做主。祖父的这分疼爱与祖母先天的任性，更令祖母独断跋扈。在平和的日子，祖母对丈夫十分赏识，经常带上祖父回自己的老家，美美地吃上一顿。20世纪40年代初期，祖母的娘家渐渐衰败，后又被没收了全部财产家当，地位一落千丈，原本趾高气昂的祖母深受打击，脾气愈发恶劣。一向爱美的祖母，婚后多年始终没能生育，难免焦虑忧心。在我的家乡，人们常说"不孝有三，无后为大"，因而祖母总觉得在人前抬不起头。后来经过别人的说合，从数公里外的村子里领回当时年仅八岁的女孩作为养女，以母女相称。祖母十分疼爱养女，荔枝是当时最稀罕的东西，祖母却时常买给养女吃。因此，我的母亲一生中最喜爱吃的东西就是荔枝，从我定居闽南以来，每回返乡或母亲来芗城，我便五公斤、十公斤地买，让母亲当零食。一般人荔枝吃多了会上火，可我的母亲不上火，看着母亲痛快酣畅吃荔枝的样子，我们做子女的都十分开心。母亲的这个嗜好遗传给了我姐姐，因此姐姐也最喜欢吃荔枝。时至今日，我已拥有多处住房，但每处住房我都存放干荔枝，就是买给跟随我居住了多年的姐姐吃的。

祖父疼爱妻儿，尽管收入微薄，也不忘给妻子和女儿买根红头绳。如今头饰琳琅满目，令人眼花缭乱，可在那个年代，大家都像电影《白毛女》中的杨白劳一样，给女儿扯两尺红头绳都是很奢侈的事儿。祖母的头发是用茶油饼洗的，洗头发时，先要砸开一块茶油饼，头发浸湿后，缓缓在发际摩擦。祖母在一只可容一个人身体的板制平盆里舀满水，用一只水瓢慢慢冲净，等头发差不多呈半干状态时，再均匀地抹上茶油，沁香光洁。祖母的头发比时下广告里明星的头发还柔顺，绝不是电脑制作或是艺术加工后的效果。每当祖母净发后安坐于墙院待干抽起烟袋时，那份别致的优雅很像幅迷人的动态油画，永驻我心海。那时我在想，我要是长大后有祖母这份气质就好了。不过一心追求完美的祖母一旦事情不理想，便用那根三尺长的烟管猛敲桌子，还时不时无端迁怒于任劳任怨的母亲。由于祖母长期无理由的"管制"，祖父一直压抑着，有时只能暗暗与母亲说说话，而母亲也碍于祖母的威严，委屈求全。母亲终于长成了二十岁的大姑娘，不但天生丽质，长期一头学生发，平齐的刘海，相邻又盛传母亲的温良脾气，使得说媒的人络绎不绝，但是一听闻祖母的脾气与必须入赘的要求便纷纷退却，好在家庭清贫的父亲毅然接受这个挑战，才幸运有了我在这美好的社会安享生活。

终于有一天，父亲头戴一顶破旧斗笠，脚踩一双没了后跟的布鞋来到祖母家，长相平庸谈吐低俗的父亲未能博得祖母丝毫好感。只是基于传宗接代的传统观念，才勉强让母亲成了亲。逆来顺受的母亲倒是对父亲体贴关爱，父亲一来就给他量身定做布鞋、织毛衣，母亲的女红绣工尤其了得，在以平针织就的毛衣上，绣上一叶荷花，一对飞蝶，特别是白色枕套上绣上一对鸳鸯，栩栩如生，分外惹眼，在村里是出了名的！母亲早就教会了我扣鞋垫，包鞋面，合鞋身。母亲教我做的布鞋，至今依然完整地躺在我的衣柜里，每每触目忆起，不能自已。寡言少语的父亲在母亲的装扮下总算精神多了，做事情也勤快起来，可在追求尽善尽美祖母的眼里，总是难免出错。尽管平时父亲不多话，但也总能一鸣惊人，偶尔顶撞祖母也没有好话，这使得祖母大为恼火。不过父亲到底还是男人，祖母的思想里总是男尊女卑的，吃饭时祖父与父亲坐上位，祖母与母亲则坐贤位。祖母在这些人伦礼节上很讲究，就连洗完衣服挂在竹子上晒时，也是由竹子大头那边轮流，先男后女先大后小如数挂下来。这个习惯一直延袭至今。当我懂得洗衣服时，就是先挂父亲的，然后祖母的，接着母亲的，再挂姐姐的，最后一个是我的。我很崇尚这个习惯，以致今日我依旧将这习惯传给了自己刚六岁的女儿。

事实上祖母心灵手巧，我记得家里二楼的摆设相当齐整，都是一些盆盆罐罐或农具，听说都是在祖母手里购置的。祖母最拿手的是做豆腐，她也将这手艺传给了母亲。在祖母瘫痪在床时，我曾目睹母亲将做好的豆腐挑着担儿叫卖，那悦耳的叫卖声传进千家百户，瘦弱的背影时常穿梭在大街小巷，从那时起我的心便如母亲脚下的石子般疼痛而坚忍。天妒英才，正义仁慈、会写一手篆体好字的祖父不幸胃癌绝别离世，祖母每夜在祖父遗容前烧香、低语，默对许久。祖父绝尘而去，却无子孙送终，这在当时来说，是件很羞愧的事情。于是祖母脾气愈加无常，往往将那根烟管敲打在饭桌上或者我父母身上。特别是母亲连续生下两个女儿，而父亲因响应国家优生优育的政策，偷偷做了绝育手术，祖母抱孙子的愿望破灭了，于是更增加了在父亲身上泄愤的机会。祖母对我和姐姐视若珍宝，却时不时地怨骂父亲一番。受气的父亲说话一点儿不留余地，顶撞祖母自己生不出半个来还要迁怒于他。这下好了，两个人由相骂变成大打出手。人原本是这样，一提到最致命的弱点谁都不愿接受，更何况一向唯我独尊的祖母。父亲因手术不顺留下炎症，需要休养与治疗，母亲起早摸黑，不仅参加生产队重体力劳动赚工分，还要砍柴、挑水，料理全部家务，又得千方百计赚点儿钱给父亲治疗。在摄氏零下八度窗外飞着鹅毛大雪的深夜，母亲在一盏煤油灯下帮那些待嫁的姑娘穿针引线纳鞋底，母亲的双手布满了厚厚的老茧。那盏煤油灯，烧掉的不仅是煤油，还有我母亲的韶华。人活着就是心甘情愿为爱着的人奉献，母亲就是这样的人，她任劳任怨，把青春献给了她身边的每一个人。

祖母家的后院有矮墙包围成一块菜地，事实上除了葱、姜、蒜就是草药，不知祖母从哪得来那么多草药且又知晓许多药引，很多乡人的小病痛不是去诊所，而是来向祖母求药，因为祖母赐药是分文不收的。令人称奇的是，祖母居然能够做到药到病除、百服百愈。祖母手里有神药的说法传遍方圆十里八村，祖母为此十分自豪。曾经有一对乞讨的夫妻，时常来家中，他们每次来，祖母都会毫不犹豫地将饭菜赠送，后来还将一间闲置的房子给他们暂住。我想，祖母之所以能够长寿，与她富有同情心有很大的关系。

结扎后留下的后遗症长期医治无效，父亲的性情因此发生了较大的变化，后来与祖母关系僵化，从而导致父亲服毒药自尽。当时有人造谣，说父亲死于谋杀，祖母与母亲曾一度被监禁，好胜的祖母不堪其辱而崩溃。祖母在关押期间小便失禁，后又造成了瘫痪，这是父亲给祖母留下的最严厉惩罚。原本吵吵闹闹却也可以得过且过的家庭瞬间不可收拾，整个家庭笼罩着黑暗与恐怖。好在天可怜见，经过公社陈书记的几番过问，终于将祖母和母亲无罪释放。当年若非陈书记主持公道，祖母与母亲很可能会亡于枪下，我与姐姐从此也将成为孤儿。

祖母瘫痪之后，母亲就更加忙碌了，常常天未亮就先去自留地浇菜。而这时，我会早早地起床，煮好地瓜饭与猪食，并将大锅里煮好的猪食慢慢舀至木桶待凉，等母亲回来，即可倒入猪栏的石盆里，然后我就去放牛，带上个竹篮顺便拔兔草。姐姐这时去割牛草，回来急急吃几口饭，就奔跑着去学校。母亲安顿祖母吃过早饭后，要先给猪喂食，然后准备去生产队里参加劳动。母亲经常一边手里握着一条地瓜啃食，一边匆匆忙忙地奔向生产队部，听候队长的派工。有时母亲来不及给祖母喂早饭就去生产队了，只能等我放牛回来给祖母端洗脸水、盛早饭。祖母有时太饿了，就用横在床前的烟管敲打床沿，或且在母亲放工回来，出奇不意地在母亲头上敲一棒，母亲为此经常眼含泪水。不过，我与姐姐却从来没有受到祖母烟管的"赏赐"。所以说，祖母虽想有个孙子，但从来没有嫌弃过我们。自我上小学后，姐姐实在不忍心母亲独自背负家庭的重担，毅然决定放弃学业。任教老师与校长直到姐姐停学一年后，依旧鼓励姐姐重新背起书包，姐姐的断然决定让我惭愧至今，也遗憾至今。否则凭当年的优秀成绩，姐姐一定能考上大学，而正因为她的成全，我才在后来的劳动生涯中能有所发展，自由遨游。平心而论，我现在所拥有的一切，很大程度上是以姐姐放弃学业为代价得来的。我感激姐姐的忍让，感激姐姐的辛劳，如今看到姐姐才四十四岁就未老先衰，我很痛心。我现在能够做的只能是尽心照顾姐姐一家，对姐姐的两个孩子视如己出，只有这样，我的心才能有所释然。

父亲去世后，我们姐妹俩成为母亲的帮手，可是照顾祖母非一夕之功，仅仅每天的大小便，就够折磨母亲了。当时，倘若母亲有异心，找个人嫁了便无需承担照顾祖母的责任；倘若母亲不够善良，也就无需如此竭尽全力照料祖母。可母亲对一个既非血缘关系的母亲又和丈夫无血缘关系的"婆婆"承担了别人难以想象的责任，数十年如一日，特别是在祖母瘫痪的那些年，就更难能可贵了，这是何等的大爱啊！父亲走后，家里不再有男人的气息，直至我十二岁那年，才有一个男子走进了我家，这便是两年后成了我姐夫的男人。姐夫之所以未婚先进门，是因为当时实行承包责任制，这样姐夫的田地就直接分了过来。姐姐十八岁那年嫁给了已过门两年的男孩。姐夫那年二十三岁。我对姐夫一直唤哥哥，以至于直到今日，我和姐夫仍以兄妹相称。更奇妙的是，我与哥哥、姐姐三人一同出门，不知内情的人都以为我们是兄妹，因为眉清目秀的姐夫与我的五官长得很是相像，而姐姐遗传了父亲的基因。哥哥与姐姐青梅竹马，感情笃厚，即使偶有吵嘴，我与祖母、母亲总是不问青红皂白，先批评姐姐。姐姐至今都开玩笑说她好孤立。这当然是姐姐的娇嗔罢了，其实姐夫和姐姐是一对人人羡慕、十分和睦的好夫妻。姐姐八岁那年曾得了一场大病，肾炎，险些命丢。医生嘱咐她结婚不可生育，可她居然为了如祖母的心愿，连续生了两个孩子。祖母得知姐姐生下的是儿子时，原本已经危在旦夕的她，病情竟然立即好转。小曾外孙尚在襁褓中，闪着一双水灵灵的大眼睛，长长的睫毛，白白的皮肤，时常抓着已做了曾祖母的祖母的烟管，惹得祖母笑得合不拢嘴。

祖母终归不堪病疼折磨，临终前对母亲喃喃泣语，向母亲一边道谢一边道歉，然后才慢慢地将那根执了多年的烟管轻轻放下……

父 劫

"父亲"本是温暖、厚爱的代名词，可在我眼里，却是陌生与漠然的。我的一生几乎与父爱绝缘，这客观上是因为我六岁便经历了失父带来的悲苦，更因父亲原本就是一个感情偏执、内心孤寂的人。我这话对九泉之下的父亲或许不敬，但却是我的真实感受。

其实祖母与我父亲并没有血缘关系。按理，我应该叫祖母为外婆，而这还得从母亲说起。

作为大家闺秀的祖母因未能生育，将年仅八岁的我母亲从外婆家带来作为养女。现在细算起来，八十三岁的祖母在我十六岁那年与世长辞，那么，当年祖母领走母亲时，祖母就已年近四十岁。四十岁的女人客观上早就充满了危机感，加上祖父年轻、有文化，而自己未能生育，难免产生忧虑。祖母的性情变得格外暴烈。尽管从未听人说过母亲对祖母有所反驳，但母亲慢慢长大，从邻人的口中得知自己的身世。祖母给我印象最深的是那根与她形影不离的烟管，听说这根烟管是从她的娘家带过来的，用很高档的海柳木制成。

我母亲一直唤祖母为娘，可见她得到了娘的相当疼爱。母亲八岁时，爱极了越剧的祖母，经常背着她去十里外的村庄赶场。母亲几度要求自己行走，祖母却心疼母亲的小脚丫。然而，祖母的性格反复无常，她是个完美主义者，一旦母亲做事不如她意，便用她那根长长的烟管敲打母亲。祖母的烟管就像一道圣旨，母亲时常会收到出其不意的命令。

母亲背后有道很长的疤痕，听说是被祖母用磨刀石轧下去受伤的。家里的这块磨刀石是可以磨砍柴刀与斧头的，特别厚重，我小时候搬那块磨刀石常常感到很费力。祖母居然将磨刀石用来对付母亲，可见祖母性格的暴烈程度。我至今也无法理解祖母为何会用磨刀石来轧母亲，性情温良、任劳任怨的母亲，即便有再大错，也不应该承受这样的惩罚。

祖母出生在浙江当地的一个财主家庭，兄弟姐妹共有八人，祖父则是逃役来浙江的福建人。祖父比祖母小十二岁，长得眉清目秀。与祖母结婚后，祖父任当地公社的会计。祖父写得一手清秀的毛笔字，特别擅长篆体。我曾一直保存着祖父的一张遗墨，可惜由于房子几度改造，不慎弄丢了。

祖父生性温顺，加之背井离乡，没有什么亲人。虽然当时随同逃往浙江的也有几个兄弟姐妹，但都各自谋生，相住较远，并无多少往来。祖父对母亲万分疼爱，每当祖母打骂母亲时，他总是护着母亲，但拗不过暴躁的祖母。祖母打伤了母亲后，常常又立即痛心疾首，知道自己不该如此对待孩子，所以，事后她常常赶紧上街去买田七粉，然后将家里仅有的几只下蛋的母鸡杀了炖给母亲吃，并四处求民间药方。我曾听一个亲戚讲，母亲有一次被祖母痛打后，伤情很重，差点儿要了母亲的性命，祖母后来对母亲打骂体罚的态度有所改变。祖母一开始不让母亲见外婆，怕母亲逃回去，以至于母亲与自己的亲兄弟都互不认识。直到母亲快到结婚年龄了，祖母才让母亲与外婆来往，这时母亲与几个兄弟才渐渐熟悉起来，但是由于相隔四十公里，终年还是难得见面。

母亲二十岁那年，经媒人介绍，我父亲入赘。父亲之所以肯入赘，是因为他的家庭在很偏僻的山村，相比之下，祖母的家庭位置就优越多了。父亲长得并不帅气，如果单从外表而论，是无论如何也配不上我母亲的。母亲是方圆十里的一枝花，而父亲是个倔强而庸俗的男人。虽然父亲是如此平庸，母亲却对未来充满了信心，因为终于有了可以同舟共济的男人。母亲对父亲是没有怨言的，不幸的是，任性的祖母对木讷的父亲非常不喜欢，两人一如针尖对麦芒，互不相让。祖父也只能偷偷地宽慰刚过门的父亲，希望小辈能够体谅，以此息事宁人。可天妒英才，慈祥的祖父却在姐姐两岁那年因病过世。也许是由于经受失夫之痛，父亲又不懂得让步，所以，祖母与父亲的关系日渐恶化。一段时间，父亲曾经偷偷跑回父母家，无奈家里兄弟姐妹多，仅有两间破茅草屋，没有他的容身之地。而祖母家有两幢新瓦房，一幢住人一幢则当厨房与杂物间，成"一"字排列，正堂开个门，在当时来说，已是相当宽敞。

我父亲过门后，家里总算有了劳力。按理说家里有了男人，生活就会过得舒坦些。不料，父亲来后，家庭矛盾却愈加激烈，真正的导火线是祖母。她认为父亲做了件大逆不道的事。当时，母亲生了姐姐四年后，又生下了我。祖母未有生育，加之重男轻女的封建思想特别严重，她认为男丁可以继承香火，更重要的是干活儿有劲。祖母一心盼着能够抱孙子，去各地求神拜佛，还将我的生辰八字拿去算命，算命先生说我的下一个一定是弟弟。祖母很欢喜，每天都盼着抱孙子续香火。可是在我出生后没多久，国家实行了计划生育政策。祖母向政府申请再生一个，政府考虑到特殊情况批准了，祖母喜出望外。谁知父亲当时积极响应号召，自己悄悄做了绝育手术。祖母得知后大动肝火，双方发生了史无前例的争吵。祖母满心指望抱孙儿，可父亲的举动断了祖母的念想。从此之后，两个人水火不容。更致命的是，父亲结扎手术后受到了感染，身体长期无法恢复。于是所有的重活儿又落在了母亲的身上，祖母对此怨愤难平。母亲要参加生产队的劳动，回家后还要砍柴挑水，而祖母既要照看年幼的我，还要照顾生病的父亲。祖母渐渐觉得无法力挽巨澜，便也只能认命。祖母买了不少补品给父亲，还特意杀鸡炖鸭给父亲吃，希望父亲早日恢复体力。记得有一回，我从卧室颤颤悠悠去找在厨房忙碌的祖母，在经过中堂门槛时不慎摔倒，我哭喊着叫疼，父亲明明在旁闲坐，却对我无动于衷。这个画面至今依然清晰地刻在我的脑海中，也因这件事情，我对父亲的感情日渐淡化。

经过祖母的调理，父亲安养进补后，身体日渐好转，终于可以参加生产队的劳动。有一回，生产队长安排父亲上山砍树。不料父亲不慎被刚刚砍倒的树干压断了腿，原本体弱的父亲再一次病倒了。始料未及的是，父亲从此成了跛脚，需要一根拐杖撑着才能走动，这对父亲的打击很大。脾气暴躁的祖母，本来就对父亲颇有微词，这下子就更冷言相向了。母亲碍于祖母威严，只能暗地里劝慰父亲，四处求药。然而父亲的身体却每况愈下。原本清苦的家庭，更是陷入了困境。

　　祖母的责备，自己的无能，让父亲的情绪低落到了极限。在春季里一个风雨交加的深夜，父亲在厨房里偷偷喝下一瓶农药。劳累了一天的母亲早已沉睡，直至半夜才发现父亲横卧在地，身边是一只农药瓶子。母亲大惊，顿觉天翻地覆，急忙请来左邻右舍进行抢救，可已无回天之力。我和姐姐在睡梦中被母亲的嚎啕声惊醒，依母亲的嘱咐，我与姐姐趁着朦胧晨光哭喊着去请同村一位与母亲相交甚密的阿姨。

　　自杀事件在那时并非仅我父亲一个，先前也有人服毒药或上吊身亡。但是按照常规，自尽了也就无人追究了，仍旧热热闹闹出葬了事，可是我家真正的灾难却由父亲的自杀开始。同村有两个妇女与祖母有过节，她们认为祖母因为父亲不能像正常人一样干活儿了，嫌弃我父亲而加以谋害。这两个女人还在我们家的橱柜里搜出当晚的剩菜。剩菜刚好是田里采来的草籽。草籽确实是猪、牛畜类食物，但是由于家境困难，心灵手巧的母亲将嫩嫩的草籽头连着草籽花摘回，素炒或就酱油凉拌，我特别喜欢吃，那段日子里我几乎餐餐都要吃草籽。草籽对于现时的人们，是一道稀罕菜肴，人人欢喜，可是在那个年代，由于野花、野菜之类带有一些苦涩，是没有人吃的。那两个妇女说祖母虐待我父亲，只让我父亲吃草籽糊口。事实上，那段时间，祖母千方百计给我父亲吃好的东西，还将自己的银饰嫁妆卖掉，偶尔还买蜂王浆给我父亲进补。两个妇女将我父亲的死亡添枝加叶地报告给公社，公社陈书记得知后，认为事有蹊跷，不敢让父亲入土，要把此事弄个水落石出。

　　家里已乱成一团，祖母与母亲的娘家人陆续赶来，但他们的极力澄清起不到任何作用，因为，这件事甚至被暂时列为谋杀案件。父亲家的人也陆续赶来了，由于两个妇女在他们面前无中生有的造谣与鼓动，父亲家的亲戚也将矛头指向祖母，使得整个家庭陷入了更深的困境。公社陈书记是个五十多岁的外乡人，与我们家乡相隔七八十公里。我们说话两个口音，但陈书记在此任职多年，已经学会了我们的绝大部分方言。大义凛然的陈书记向县里请示验尸，但这期间必须将我祖母与母亲隔离。隔离就意味着要将祖母和母亲控制起来。祖母与母亲因父亲的突然自尽早已不堪一击，双重的打击使她们都病倒了。

第一次看见身着警服的人来到我们家，并且来了几个身强力壮的青年，不允许祖母与母亲走动，他们要祖母与母亲分别盘坐在两只簸筐里面。簸筐是用竹子编织的，平时用来装稻谷用，而此时却成了担架。当那些人抬走祖母与母亲时，我吓得哭喊起来，不让母亲走，大家只好将年仅六岁的我抱进簸筐，我坐在母亲怀里痛哭，而十岁的姐姐则留在家里跟随亲戚。我和母亲被关进公社一个房间，门上了铁锁，门外还有人轮流看守。这个房间已然成了临时监狱，我们忽然成了嫌疑犯。

春雨霏霏，连绵不绝，这似乎是上天为我们的冤情而哭泣。

善良的陈书记专门叫人搬来一块木板，还拿来两床棉被。我们三个人的饭菜是由人专门送来的，其间我们是不可以见亲戚的，这等于杜绝了家里所有的消息。这期间，亲戚曾带着我回家专程看验尸过程。在我生命的长河中，这是最为惊天动地的经历。就在我家的屋前，用两条长板凳搭着家里搬出来的床板，父亲的尸体安放在床板上。我亲眼看见穿着白色褂子的医生，用雪亮而细长的手术刀剖开父亲的肚子后，一件一件掏出内脏检查取样，然后重新缝上。通常六岁孩子的记忆不会太深刻，但因为这件事情的可怕与带给我的耻辱，我至今刻骨铭心。好人与坏人，在我六岁的童年里就已经格外透彻，我仿佛在一夜之间长大了。父亲如果泉下有知，是否后悔自己轻率的选择呢？

屋漏偏逢连夜雨。祖母被监禁时期，或许是伤心过度，忽然全身动弹不得，由于当时没有钱也没能及时医治，遂成瘫痪。而母亲许多天来，水米不沾牙。幼小的我已经学会与姐姐照看家里的禽畜，去自留地摘回蔬菜，拔草喂兔喂猪。而我小小年纪却已经懂得，以吃奶的理由见母亲，民兵只能把我送到母亲那里。我每次到公社便将家里的情况偷偷告诉母亲，让她有所宽慰。许多年后，母亲为这事还一直夸我小孩子大人心。

事情最终真相大白，验尸结果证实我父亲属自尽。祖母与母亲被抬回家中，在亲戚们的帮助下，被解剖后的父亲终于入土。其间祖母与母亲根本无法参加出殡仪式。我与姐姐在亲戚的指挥下，戴孝帽，穿孝服，跪拜，磕头，点香，烧冥纸，直至坟头飘起两条长长的白纱带。

父亲离世时，年方三十三岁。父亲与母亲同岁。家乡有个说法，要娶就得同年姐，而母亲正是父亲的同年妹。父亲去世之后留下卧床不起的祖母，留下身心俱伤的母亲，留下两个年幼的女儿。

父亲，我的爹啊，我不知道我还能对你说什么。

又及：祖母临终前一直交代我们，要我们一定面谢陈书记，是陈书记让她得以安度晚年。祖母去世后没过多久，母亲与姐姐寻访而去，很幸运得以面见陈书记。而我因为长久在外奔波，一直未有机会探望，直至 2020 年我的第一本散文集《岁月追风人》问世后，特意请同学探得地址，几经周折联系到随儿子居住在县城的陈书记。欣慰的是，尽管陈书记已是耄耋之年，却依然健步如飞。我驱车停在他家院子前时，他倚门相迎，笑容盈盈。我们聊开话题，陈书记便原原本本复述原委。感谢陈书记不遗余力的奔波，感谢政府部门的公正判决，我们才享受到母爱的关怀，也才有了今天的幸福。

蹒跚的软语

一

初春的江南，犹如五六岁的孩子，朦朦胧胧、似懂非懂。当我第一次闻到江南的气息时，我还是个孩子，有很多事情我还不懂。我不懂为什么父亲要住在那个土堆里面不回家，我不懂为什么母亲每天都要在鸡叫前去田间干活儿，我不懂为什么我和姐姐不能像其他小朋友一样有漂亮的衣服穿。我有很多很多不懂的事藏在心里，可是当我懂了的时候，我已经不想懂了。

老师说："她是个聪明的孩子，学习非常出色，读下去一定可以考上大学，如果现在放弃，实在可惜了……"母亲一直用手把姐姐和我揽在怀里，认真地听着老师说完，然后很小声地说："我们真的是读不起。"老师似乎还想说什么，却只能欲言又止。姐姐转过身，突然发现母亲的眼里噙满了泪花。在我的记忆里，母亲从来不曾哭泣过，这是我第一次看见母亲难过得要哭的模样。"娘，我不想读书了，我们回家吧。"姐姐转过身后，对着老师深深地鞠了一躬。年幼的我虽然不能体会姐姐的心情，但我能看得出姐姐的态度，姐姐是很坚决的，没有一点后悔的感觉。之后，姐姐和我拉着母亲那双布满老茧的手，坚定地走出了学校。

一路上，母亲总是不停地回望，似乎对此留恋的人不是姐姐，而是她。很多次母亲想对姐姐说点儿什么，从母亲的眼神里，我读出了母亲不让姐姐继续读下去的原因，但每次话到嘴边，母亲的话又咽了回去。母亲只是更加用力地握紧了我和姐姐的小手，手与手相连，血与血相通，其实她不说，我和姐姐也能明白，我们家真的没有钱了，不要说读书了，甚至连温饱都成了很大的问题。姐姐安慰了娘几句，说她已经十岁了，是个大孩了，也应该帮助母亲分担家里的负担了，可是我从姐姐的眼神里又觉得她怕说多了母亲会流下眼泪。毕竟姐姐才十岁，十岁正是一个人学习的黄金年龄。十岁的孩子应该无忧无虑地坐在课堂上，而姐姐却在十岁这一年离开了那个属于她的童年世界。于是，姐姐选择了跟母亲一样的方式——沉默。就这样我们母女三人一路牵手走到家，谁都没有开口说话。年仅六岁的我回到家中后，还是忍不住拍着两只粉嫩的小手，兴高采烈地对姐姐说："以后姐姐可以和我一起玩喽。"姐姐看着我可爱的样子，知道她曾像我一样天真活泼，曾像我一样不谙世事，可是总有一天她的妹妹会长大，也会明白她童年的故事，只希望留在我这个妹妹记忆里的童年少一点儿忧愁，多一点儿快乐。

从此，姐姐不用再急匆匆奔跑着去学校了，姐姐以为自己每天可以睡得很香，睡得很沉，睡得很久，可是一切都出乎姐姐的预料。姐姐睁开眼时，正好看见母亲轻手轻脚地穿衣服，虽然陈旧的小木窗透射进来天边的一点点晨曦，但是屋子里还是很黑。母亲并没有发现姐姐已经醒来，姐姐也没有告诉母亲她已经醒了，姐姐就这样默默地看着母亲穿衣离开，直到听到母亲拿起锄头走出家门，姐姐才起身。打开窗户，晨雾迷蒙中，姐姐看见母亲扛着锄头，朝山坡走去。这时我正睡得香，姐姐走过来坐在我的床沿。她看着我圆圆的脸、大大的眼睛、高高的鼻子，觉得妹妹长大了必定像母亲是个美人。姐姐猜想母亲年轻的时候一定比现在漂亮得多，只是穷苦的生活、过重的负担在母亲脸上刻满了沧桑，但是透过岁月的痕迹依然能够看出母亲年轻时俊俏的脸庞。

天慢慢地亮了起来，我也醒了。我与姐姐一起扎好了辫子，洗好脸，走进厨房，准备学着母亲的样子烧早饭。姐姐从没有独立操作过，心里有点紧张。平时母亲一下就点着的柴火，姐姐竟然用了好几根火柴，这不由得让姐姐既心疼又自责起来，因为所有的日用品都是凭票购买的。姐姐卷起衣袖把番薯粉加水调匀，用根筷子沿着周围捻起来，然后将筷子抽出，这样，刚好中间留了个小孔，我猜想，这样做更容易蒸熟，并且不易烧糊。看着熊熊燃烧的柴火，看着姐姐被火势映衬得红红的脸蛋，我多么渴望自己快点儿长大，好帮助娘摆脱现在的困境。打开锅盖，用筷子一插，已经不粘了，那就表示番薯团已经熟了。我和姐姐顾不上先尝，先用碗盛了两个，赶快送到瘫痪在床的祖母身边，然后又用方巾包了几个，牵着手向母亲劳动的方向走去。

垄垄层层的山地上，只有母亲一个人弯着腰在辛苦地锄着地。她抬头看见我和姐姐时有点吃惊，我们把手里的番薯团拿出来时她愣住了，眼泪慢慢流了下来。这是我第一次真正看见母亲落泪，或许她一个人时曾无数次偷偷地哭泣过，但至少在我和姐姐面前，这是她第一次落泪。我被母亲这突如其来的眼泪吓坏了，母亲把我的手握得紧紧的。我问："娘怎么了？"母亲用沾满泥巴的手，轻抚着我的脸说："娘这是开心。"那时我还不懂为什么人开心时会哭，但是我没有问母亲，只是用稚嫩的小手帮母亲擦干泪水。母亲的眼泪代表了什么呢？是因为姐姐辍学而惭愧难受呢，还是因为我与姐姐能够分担家务而欣慰呢？我没有去做更多的猜想，唯一的愿望就是减轻母亲的负担。

清晨新一轮的太阳慢慢从东方升起……

二

幸福是每个人的追求。对于一个家庭来说，贫穷并不可怕，可怕的是贫穷带走了幸福。生活像一把利剑，在一步步斩断这个家里所有人心中仅有的希望，甚至斩断了还是一个小孩子的我的希望。母亲只是一个身薄力单的女人，可她却要用瘦弱的肩膀来担负一家四口人的生活。

祖母每天看着母亲拖着沉重的身体出门，然后又看着母亲拖着疲惫的身体回家，总是一个人唉声叹气。其实我们都知道，祖母很想帮母亲一起分担生活的重担，但是她动不了，只能在那张一动就"嘎吱"响的床上自言自语。

一天早晨，母亲起床后即去自留地里干活儿，姐姐也跟着母亲起床，然后一声不响地跟着母亲。朦朦胧胧的晨雾里，只有姐姐和母亲的身影一前一后地行走。走了不远的一段路，母亲突然停下来，回头默默地看着姐姐，姐姐也停下来看着母亲。虽然她们之间有几米的距离，但姐姐能清楚地读出母

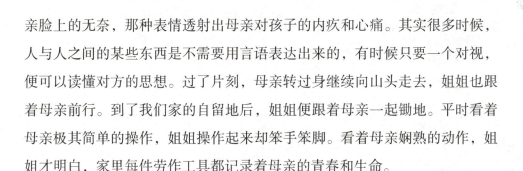

亲脸上的无奈，那种表情透射出母亲对孩子的内疚和心痛。其实很多时候，人与人之间的某些东西是不需要用言语表达出来的，有时候只要一个对视，便可以读懂对方的思想。过了片刻，母亲转过身继续向山头走去，姐姐也跟着母亲前行。到了我们家的自留地后，姐姐便跟着母亲一起锄地。平时看着母亲极其简单的操作，姐姐操作起来却笨手笨脚。看着母亲娴熟的动作，姐姐才明白，家里每件劳作工具都记录着母亲的青春和生命。

缥缈的白雾慢慢退却了，霞光从山峦之间透射出来。山间小路上时不时地有三五成群的男人往生产队的地块走去，母亲看了看笨拙却卖力的姐姐说："你一人做不了，回家照看奶奶吧。"姐姐知道母亲要去生产队了，她一定担心姐姐早就饿了累了，所以要姐姐赶快回家。"娘，你也没有吃早饭啊……"其实，母亲每天早晨去生产队上工，都是不吃早饭的，不是她的肚子不饿，而是她舍不得吃。母亲笑着说："我还不饿。"说完母亲将锄头扛上肩头，急急地向生产队的地块跑去。看着那些男人精神抖擞迈着有力的步伐，而母亲的每一步都是那么吃力，姐姐体会到这个家带给母亲的到底是什么。太阳终于露出了可爱的笑脸，照在姐姐矮小的身上，姐姐觉得眼睛有点儿湿湿的、凉凉的，但姐姐知道那不是她的泪，因为姐姐会像母亲一样坚强，或许那只是露水沾满了姐姐的脸庞。

我早晨起来后，就坐在祖母的床上听她讲故事，姐姐回家后不想打断我们，那是我童年仅有的开心事。祖母看见姐姐问："你娘呢？""去生产队了。"姐姐说。祖母长长地叹了一声，自言自语道："总是这样，身体怎么行啊？"

是啊，就算再好的身体，长时间不吃饱也会垮的，何况是一个想多挣工分而每天挑生产队里重活儿干的女人。母亲又何尝不知道这个道理，只不过是想自己省下来，好让病床上的祖母和两个年幼的孩子能够吃饱。祖母也不舍得喝一口舅舅买来的营养品，说一把老骨头了吃了也起不了作用，总是用颤抖的手把这些小瓶子拿到我和姐姐的嘴边催着我们喝。那时营养品与蜂王浆是最时髦也是最奢侈的东西，母亲从来不曾入口。

贫穷可以磨炼一个人，岁月可以改变一个人，可是贫穷却改变不了岁月。一个人要想改变贫穷，唯一的方法就是比别人多付出一份努力。

看着窗外高挂的明月，才六岁的我也会陷入沉思，为这个十分贫穷的家、为我那十岁便辍学劳作的姐姐、为病床上的祖母、为我那日夜操劳的母亲。

三

姐姐跟母亲说，她必须和母亲一样去生产队挣工分，否则这个家永远在为明天的口粮而担忧。母亲听了姐姐的话很吃惊，当初把姐姐从学校带回来，只是承担不起学费，或许并没有想过让姐姐一起从事生产队里繁重的劳动，毕竟姐姐还只是一个十岁的孩子。

天下的母亲都心疼自己的孩子，所有的母亲都希望自己孩子的童年能开开心心上学，没有任何一位母亲愿意看到自己的孩子在很小的时候就去为生计而忙碌。母亲不同意姐姐参加生产队里的劳动，但她和我还是瞒着母亲找生产队长去了。生产队长听了姐姐的要求，似乎很为难，毕竟姐姐还那么小。可是他心里清楚，如果拒绝姐姐的要求，那么我们这个非常困苦的家庭境状就无法得到丝毫的改善。队长思虑再三后说给我们养一头牛，每天会有一分的工分；姐姐白天参加集体劳动，则按半个劳动力计算。姐姐学着大人的样子说了许多千恩万谢的话，回家的步伐也显得轻快了。姐姐不敢把这个消息告诉母亲，而我在睡觉时悄悄对母亲说了。母亲听了后一直沉默，把我紧紧地搂在她那瘦弱的怀里。

队长对姐姐很照顾，并没有让姐姐和其他大人一样去做那些重体力活儿，只安排她做一些轻巧的力所能及的事务。见姐姐不需要做那些重体力活儿，母亲的脸上散去了愁云。姐姐可以帮这个家了，母亲身上的担子也相对减少了。于是，姐姐每天跟着母亲早早起来，母亲来不及梳洗就去了自留地，而姐姐提个篮子牵着牛就出现在清晨的田野上。有时趁着牛吃得起劲时，姐姐会顺手拔些嫩草，可以带回家去喂兔喂猪。

母亲最大的爱好就是看越剧、听越剧，祖母告诉我，母亲唱的越剧很好听。每年村里会邀请当地的越剧团来表演一两次，但母亲却很少去看。其实当时一张门票就一毛钱而已，可是母亲舍不得花。祖母有时假装生气地责怪母亲："你就不会进去看一次吗？"母亲说看那么久会困的。其实母亲几乎每次都到剧团表演结束了才回家。母亲总是站在剧场的大门外面，听着里面传出悦耳的吴侬软语调子，然后就跟着小声哼哼。那是母亲生平最欢快、最放松的时候。

这个世界上，所有的人都有梦想，因为有梦想才有希望，有希望生活才有意义。可是生活在贫穷里的人，有一样东西是不能去想的，那就是时间。都说时间是公平的，可是时间对于富人来说，是那么短暂，而时间对于穷人来说却又是那么漫长。人一旦在贫穷里去计算时间，那将是痛苦的一件事，因为穷人的时间就是一个黑洞，而穷人的梦想将在这个黑洞里变得遥遥无期。

当姐姐以为这个家的境状很快就可以好转时，祖母的病情突然加重了，母亲只好让姐姐白天在家照顾祖母。姐姐开始憎恨这个世界、憎恨贫穷，如果能有一个方法让这个家脱离贫穷，那么无论什么方法她都愿意去做，哪怕用生命也在所不惜。可是没有，唯一等待我们的依旧是贫穷，依旧是数不清的黑夜。

岁月的风烟在摧残人的容颜时，往往同时也击灭人对美好未来的期盼。当姐姐的梦想一个一个被贫穷击破时，当姐姐开始怀疑这个社会是否还有公平时，1982 年，一个能改天换地的大好消息传来：国家要分田到户了。

期盼的梦想就要实现了，村里所有人的脸上都堆满了笑颜。母亲也笑了，我知道那是对未来充满信心的笑，这是我第一次看见笑容出现在母亲的脸庞。母亲的笑就像春天的阳光，让姐姐和我感觉一切都是那么温暖和煦。

四

东方的太阳还没有完全探出头来，人们便被窗外的夏蝉声和鸡鸣声催醒。大家不再像生产队时期那样成群结队地按时出工了，分产到户就是自己当家做主。

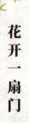

我每天跟母亲与姐姐一起下地。有时候我会学着姐姐和母亲的样子，跟着姐姐和母亲一起干活儿，有时我一个人坐在田埂边，望着路过的孩子上学、放学。偶尔我也会禁不住问一句："读书是干什么用的啊？"可是没有人告诉我答案。

农村人与城里人最大的区别是，城里人的工作一般在室内，不用日晒雨淋，而农村人却是靠天吃饭，旱了或者涝了，一年的口粮便无着落了。有时雨天不能出去干活儿，姐姐便会去亲戚或者邻居家借来能够看得懂的书。遇到不认识的字，姐姐也会趁黄昏放学之际向比她小的孩子讨教。她向岁数小的孩子请教时，自然而然生出一种羞愧。知识对姐姐而言，是一种希望，是一种可以改变贫穷的希望。有时姐姐在干活儿时，也不忘教我背上几句唐诗："锄禾日当午，汗滴禾下土。谁知盘中餐，粒粒皆辛苦""下马饮君酒，问君何所之。君言不得意，归卧南山陲。但去莫复问，白云无尽时"……

其实，很多的时候，姐姐还不能完全理解这些诗词所表达的意思，但姐姐却无比眷恋每一句短小而精湛的词句。姐姐是那么喜爱那些句子，母亲听着姐姐教我背诵时，眼睛里总是充满了欣慰。

我的记忆力很好，姐姐教我的东西总是很快就能记住。姐姐看见我背书的乖巧样，就暗暗发誓：一定要让妹妹坐在明亮的教室里接受正规的教育。

我们家有一块菜地，不大，但里面种着各种瓜果，有黄瓜、番茄、青菜，还有黄花菜等。姐姐和我一直认为，除了家以外，那是最漂亮的地方。又是一个清晨，晨雾刚刚散去，母亲就去菜地里摘了黄瓜与番茄回来。那带着嫩刺的黄瓜与鲜红的番茄真是漂亮极了，姐姐和我忍不住，拿起来就往嘴里塞。母亲也顺手拿了两个番茄，背上竹篮与麻袋，又要出门，并吩咐姐姐与我在家照顾好祖母。姐姐知道母亲又要去采草药了，叮嘱我不要乱跑，然后跟着母亲出了门。母亲一有时间就会去山上采药，知道哪些草药供销社收购。虽然价钱非常低廉，但是多少能够补贴点儿家用。

炙热的阳光猛烈地燎烤着母亲和姐姐，仿佛要将她们的皮肤烤焦似的，可是姐姐并不惧怕。因为她知道，只要能够多付出一分劳动，我们就能够多一分收获，我们的家就能够慢慢改变困境。

攀过一道道山坡，一股浓郁的香味扑鼻而来，母亲沿着香味寻去，看到山崖上悬挂着一簇簇黄灿灿的金银花，不由得欣喜万分。母亲的初衷只是希望能多采些夏枯草，却意外地发现了金银花。母亲喜出望外。金银花不仅比夏枯草贵好几倍，而且还能够治疗头痛、发热、咽痛等一系列病症。在那个贫瘠的年代，我们的小病小痛都是靠民间传统手法医治的。上山采药是一件危险的事，虽然金银花长在更危险的地方，但是必须采走。母亲让姐姐在山崖下等着，自己则兴奋地抓住树枝攀爬过去，把金银花藤拉近身边再就势采集。

姐姐两眼眨也不眨地盯着母亲，内心也随着母亲的动作紧张起来。但是意外还是发生了，母亲一声叫喊，便滑下了山崖。那一刻，姐姐愣了一下，然后便飞快地抱着树藤滑向母亲。姐姐来到了母亲的身边，发现母亲只是脚部碰伤，其他并无大碍，悬着的心终于暂时安定下来。母亲看见姐姐，安慰说："没事的。"在母亲说这句话的时候，姐姐分明看见母亲痛得皱紧了眉头。姐姐像母亲一样坚忍，不愿意在母亲面前流泪，特别是在这个时候。姐姐迅速把散落在四周的金银花捡起来，搀扶着母亲，慢慢地向山下走去。回到家中，我看见姐姐搀扶着母亲，而且母亲一拐一拐地走着，就知道母亲一定受了伤，赶紧过去搀扶着母亲，然后对母亲说："娘，以后我长大了做医生，那样就能够很快治好您的伤了。"母亲用手轻轻地摸了摸我的脸说："真是我的好孩子。"

母亲的脚伤远比姐姐想象中的严重，好在当时所有的农活儿姐姐已经基本掌握了。姐姐要求母亲好好休息几天，但母亲总是一刻不停手。姐姐看见母亲用麦粉自制的糨糊，将一片一片的旧碎布粘起来，之后再用麻线一针一针地缝起来，一双鞋底很快就在母亲的手中完成了。姐姐非常佩服母亲，佩服母亲那一双布满老茧的手，却是那么灵巧。

蓝蓝的天空有几朵白云飘过，姐姐望着远处起伏蜿蜒的山峰想，什么时候才能够穿越崇山峻岭，像白云一样悠游世界，什么时候才能够带着母亲乘上飞机，去看看外面的世界……

五

很多人以为江南一年四季鲜花盛开，实际上，家乡也有冬天，家乡的冬天也会下雪，也会结冰。姐姐透过窗户看见雪花从天空纷纷扬扬飘落时，也看见一群跟她差不多大的孩子正在开心地追逐着雪花。洁白晶莹的雪花美丽动人，但不属于年少的姐姐，因为无情的岁月赶走了姐姐的童心，姐姐唯一能做的就是把同龄人的嬉笑声存进自己的记忆里。有时姐姐觉得自己还是一个孩子，因为与姐姐一般大的人只需要天天背着书包上学就行了；有时又觉得自己是一个大人了，因为要承担大人才需要承担的一切。

屋檐角上的冰柱长长地挂着，我们一家人围在小炭炉旁，母亲纳鞋的好手艺是方圆十里有名的，不少人慕名来找母亲纳鞋做嫁妆，整个冬天母亲都不停地忙碌。姐姐跟母亲学纳鞋底，母亲打趣说："等你长大了嫁人，自己什么都会做，才不会被夫家看不起。"姐姐顿时满脸羞涩地说："我才不嫁，一辈子陪着娘。"眼看着就快过年了，母亲跟姐姐说，想把家里的两头猪卖了，一部分钱用来再买两头小猪，另一部分钱用来还债。春节一直是我和姐姐盼望的日子，哪怕春节如平常一样清苦，我和姐姐仍一样期盼，因为每一个春节的到来，便意味着姐姐和我长大了一岁。我们多么希望能够快点儿长大，可以多帮母亲分担一些。

那年的春节是我和姐姐有记忆以来最难忘的，因为母亲不仅带我和姐姐去理发店修剪了头发，母亲自己也剪了齐齐的刘海。虽然母亲没有漂亮的新衣服，可是俭朴的着装一样衬托出她的秀姿。母亲早早请师傅给我们

缝制了新衣，还购置了一些年货。所谓的年货，不过是一点点猪肉和豆腐，但是我们觉得已经很满足了，因为在分田到户之前，这是我们家万万不可能享受到的。母亲意味深长地对我和姐姐说："你们又长大一岁了，给你们一个压岁包，祝你们永远平平安安。"姐姐接过母亲递过来的压岁包，欲言又止……

母亲似乎看出姐姐有什么话要说，便抢先说道："明年我们的债务不多了，你也可以上学了。"母亲满脸兴奋地指着我说。

我和姐姐高兴地抱住满面笑容的母亲，这是有史以来最开心、最丰盛的年夜饭。

日子过得飞快，转眼之间，开学的日期就到了。那天，我比平时更早地做好了早点，姐姐给我梳的马尾辫整整齐齐。当姐姐看见我背着她曾经用过的军用书包时，她笑得格外灿烂。姐姐的笑更多的是骄傲，因为在她和母亲的努力下，我终于可以上学了，我的童年不再重蹈她的覆辙了，更多的将是读书声和欢笑声。姐姐站在学校门口，心中无比欢悦。我一直一声不响地走在姐姐和母亲的中间，到了学校门口，母亲蹲下来用手摸着我的脸，只是简单地说了三个字："进去吧。"

听完母亲的话，我转身看着姐姐，她也学着母亲的动作在我的头上摸了摸，然后说："好妹妹，你一定要好好学习，知道吗？"我用力地点点头，姐姐用手转过我的身体，让我面对着学校，然后在我的背上拍了拍，说："去吧。"姐姐对着我做了个鬼脸。看着我娇小的身影渐渐走进教室，姐姐的眼里酸酸的，心里甜甜的……

对于不少孩子来说，最大的愿望就是生活在学校的围墙之外，那样就不会天天有老师看着管着了。可对于很多成人来说，最大的愿望就是能重新坐在课堂上听老师讲课，那样就不用承担太多的生活的压力。但是穷苦人家的孩子不一样，因为读书才是唯一可以改变命运的途径。早熟而懂事的我总是把作业写得清清楚楚，每天老师的批语都是个"优"字。一日傍晚，姐姐在做饭，我则在旁做作业，忽然间我莫名其妙地倒了下去。姐姐吓得呼天喊地，引来了邻居。母亲很快被人找回来，叫人帮忙去请赤脚医生，诊断后方知我得了肺炎。这个突变无疑加重了我们家的负担，因为住院是需要花费不少钱的，而且病不能拖。我家原本有所好转的日子，又因为我的病，而再度陷入了困境。有天晚上，我看到母亲呆立在父亲的遗像前，默不作声，却泪眼婆娑。

六

母亲一早说要去外婆家，整整四十公里，每次都是步行，早走晚归。夜幕低垂时，风尘仆仆的母亲与外婆一起回来了。我和姐姐泣不成声地扑到外婆的怀里，这是母亲之外最能给我们温暖的怀抱。显然，外婆家的资助也是杯水车薪，全家人度过了一个彻夜不眠的日子。不久，母亲也倒下了，幸好有外婆在此照料。这时，姐姐提出去县城里打工。县城离家虽然并不远，但母亲与姐姐还是发生了空前的争执。母亲的担心不无道理，可是姐姐不忍心我这个妹妹受病痛的煎熬。其实，姐姐又何尝愿意一个人去陌生的环境打工呢？那种无助可能远比清贫更可怕。可是这个风雨飘摇的家想要撑下去，出外打工是姐姐唯一的出路。在姐姐再三的劝说下，母亲终于同意了姐姐的要求。姐姐不知道，在她离开后，母亲到底会有多担忧；姐姐也不知道，她进城后是否真的能够赚到给我治病的钱；姐姐更不知道，自己有没有力量融入城市……

为了保险起见，母亲央求一个远房亲戚带姐姐一起走。临走那天，吃过早饭后，母亲塞给姐姐从亲戚家借来的三十元钱，姐姐只拿了车费，多余的钱一分也不要。母亲还是把钱硬塞进姐姐的口袋，并嘱咐姐姐说："一个人在外，要好好照顾自己，如果没有找到打工的地方，或者太辛苦了，就赶紧回家，妹妹治病的钱我会另外想办法。"这个世界上每天都有无数的谎言在重复，但有一种谎言很多人乐意听，因为那是一种体谅、一种关爱。母亲哭了，这是我第二次看见母亲在我们面前流泪。我也哭了，但姐姐没哭，因为姐姐知道如果现在她和我们一起流泪，那么母亲更加不舍得让姐姐进城。姐姐忍住眼泪，与母亲和我拥抱道别，但在转身的瞬间，姐姐的眼泪哗啦啦地流了出来。

车子徐徐离开。渐渐地，姐姐已看不见简陋的家了，但是姐姐还是看见了旁边山坡上一个清瘦的身影，虽然姐姐不能看清她脸上的表情，但姐姐看得见她的揪心之痛，那是她最纯朴最善良的母亲！朝阳升起来了，姐姐相信明天会好起来……

亲戚很热心，很快把姐姐带到一个建筑工地。工头初见瘦弱的姐姐似乎有点不愿意接收，但在亲戚的一再恳求后，还是收留了姐姐，这让姐姐不安的心顿时踏实下来。

姐姐每天起早摸黑，在工地上做着最辛苦的活儿，将一桶桶的水泥挑给水泥匠。姐姐尽管力气大，但是一天下来，也累得直不起腰，而且肩头的皮磨掉了不少。姐姐咬咬牙，忍耐着所有的折磨。

领到第一个月的工资时，姐姐把那些钱数了一遍又一遍。看着那些钱，姐姐开心地流出了眼泪，这不仅仅是姐姐努力的结果，更是我们一家人的希望。姐姐快步赶到邮局，把钱全部寄回了家，并在汇款单上写了廖廖几字，写上姐姐满满的思念，尽管母亲不认识字。勤快麻利的姐姐赢得了老板的赞许，老板很快便给姐姐调了好的岗位并且加了工资。老板问姐姐，为何不给自己添置点儿新衣，姐姐说出了家中的状况。好心的老板送给姐姐一些他女儿不穿了的旧衣服，虽说是旧衣服，却比姐姐身上所穿的衣服要好好几倍。姐姐从来都是在艰苦与无助中生活，老板的举动对她而言，那是一份天大的恩情！为了节约开支，也为了报答老板的恩惠，姐姐决定留在工地过春节，这样可以让老板安心地回乡下过春节。当千家万户贴新联，人人穿新衣游乐时，姐姐却只能对着耀眼的星月，热望家乡的天空。

我的病在姐姐寄来的钱的帮助下，得以医治进而康复。这时，母亲再也不忍心让姐姐在外打工，坚决让姐姐回到身边。

七

若干年后，我初中毕业了，终于来到了人们向往的城市。城市里举目都是高楼大厦，远比我想象中的更漂亮。更令我诧异的是，城市里还有一种汽车是沿着空中电线行驶的。年轻的姑娘优雅地出现在街头，一头卷卷的黑发，红红的嘴唇，皮鞋声清脆而响亮。我甚至想，什么时候我的祖母与母亲也能够一睹城市的风采呢？遗憾的是，在我开始离家谋生时，祖母最终难敌病魔，未来得及看看孙女口中的美丽城市，便与世长辞了。

我至今仍清晰地记得，临别时，母亲一再叮嘱我，外面的坏人很多，不要太相信陌生人。然而，我眼前的这个憨厚的老板完全改变了我的担忧。我初入社会认识的老板就是一个好人。虽然他只是说暂时让我试试，但这个"暂时"，却给了我梦想腾飞的起点。尽管在我准备离开家的时候，我已经做好了应对一切困难的准备，可是当我真正面对陌生的环境时，还是被孤独和恐惧袭击得不知所措。

望着窗外的万家灯火，我在幻想自己的未来。我相信，这里一定将有我的容身之所，我也将会成为这座城市的一员，我的母亲也可以享受城市的幸福生活！日复一日，岁月带走了我幼稚的容颜，也带给了我成长的收获。当我积存到一笔我自认为不少的资本时，我提出了辞职。在老板的无私帮助下，我从批发市场进了一批家用小商品，学着别人推着板车走街串巷，虽然风里来雨里去，但是每天都有颇为丰厚的利润。

亲戚要回乡时，问我是否有话需要转达。我知道姐姐的生日快要到了，急忙跑到商场，给母亲买了台录音机还有几盒越剧的磁带，同时也给母亲和姐姐买了衣服，托亲戚带了回去。我想象着母亲听越剧时开怀的样子，也想象着姐姐快乐的模样。她们的开心是对我最大的激励，让我时刻充满了斗志！

就这样，不知不觉中，又过去了几年。在这漫漫长的岁月中，卖过各种各样的商品，走遍了这个城市的大街小巷后，我终于从一个街头小贩成为一个可以租用店铺的小老板。这是我奋斗历程中最大的突破。我扎根城市的目标愈来愈近，同时也意味着我与母亲在城市相守的梦想愈来愈近。

有梦想，就有希望！有人说，一个人在一个城市生活久了，就会自然融入其中，并把自己当成这个城市里的一员。但我不是，直到今天，我依旧不喜欢这座城市。虽然我的声音和习惯已经与这座城市有了某种程度的相同点，但我永远无法彻底地融入其中，因为这座城市永远缺少一种独特的乡音和乡情。

八

当我安排妥当店铺的事务回到家中时，久违的乡情和乡音即刻充盈在我的周围。当我一身时尚装扮出现在母亲和姐姐的面前时，她们用一种异样的眼光看着我，似乎眼前的我不是她们的女儿和妹妹。当我的视线投向母亲时，我看见了母亲头发中多了许多白发，额头也布满了皱纹，虽然我离开母亲只是几年，但母亲已是个老人。看见我突然出现，母亲情不自禁地泪眼迷蒙，然后用她那布满双茧的手轻拂我的脸庞，边抚摸边道："长大了，长成大姑娘了……"

这些年来，我一直渴望能早点儿听见母亲的声音，我曾不止一次地想象看见母亲时的场景，我以为我会开心得像只小鸟。现在我终于看到了日夜思念的母亲，可是我却没有了笑容，反而泣不成声。我飞一样地冲进母亲的怀里，就像小时候一样，每遇到害怕的事，我就会钻进娘的怀里。这个世界上，只有娘的怀抱才是最安全的地方。母亲不停地用手拍打着我的后背，安慰我道："孩子，不哭！"小时候，我一直学着母亲的坚强，不轻易落泪。可是此时母亲越是安慰我，我反而哭得越厉害，似要把久违的思念全部发泄出来……

母亲知道我最爱吃她做的酒糟毛芋，所以一大早就去买了猪骨。毛芋是母亲种的。当还躺在被窝里的我闻到熟悉的香味时，我一骨碌爬了起来。在城里这些年，虽然我不是时常出入高档的酒楼，但也吃过一些价格比较昂贵的菜肴。可是我一直觉得那些花里胡哨的各色鲜汤大菜，永远也比不上母亲做的家常小菜。母亲见我起来，赶紧盛了一大碗酒糟毛芋端来给我，我顾不上洗脸，接过来就吃。嚼着这碗再普通不过的家常菜，突然间我发现，也许我真正喜爱的并不是这道菜，而是我与母亲和姐姐割舍不断的亲情！我津津有味地吃着酒糟毛芋，母亲站在一旁看我吃得如此开心，说道："你一个人在外也买点儿有营养的东西吃，不要总是舍不得。现在不比以前了，家里什么都有，你不要担心。"

我点点头说道："娘，现在奶奶也不在了，你在家也没什么忙的，求求你陪我到城里住段时间吧。我想多吃点儿您做的饭菜。""家里还养着两头猪呢，再说我也不认识字，去了还不被人笑。"母亲一边说一边笑。"娘放心好了，城里的人也不是个个都有文化的。再说谁没有娘啊，所以你放心，不会有人笑你的。"我说着停顿了片刻，又道，"不如把猪卖了吧，反正也赚不了几个钱。""现在猪还小，卖不了什么钱，要是养到过年一定可以卖个好价钱的。"母亲似乎很满足这样的生活。这个时候，姐姐也来了。听见我与母亲的谈话，很远就叫道："娘，这些年您这么辛苦，也该休息休息了，就跟着妹妹一起去吧。"母亲一边给我盛锅里的毛芋一边说："等等再说吧。"姐姐现在比我更了解母亲，当她听到母亲并不十分愿意和我一起到城里的回话时，背对着母亲对我使了个眼神，似乎告诉我，母亲一定不会离开这个家，至少现在没有这种可能。我原本抱着很大的希望回来接走母亲，想带母亲去看一看城市里的高楼大厦，想带她去欣赏一下只有在电视上才能看见的七彩霓虹，可是任凭我如何相劝，母亲始终坚持等一些时日再作打算。我理解母亲的牵挂，可是不明白母亲为何连去外面见见世面的兴趣都没有。母亲不知道城市的道路有多宽广，不知道城市的大街上人潮如过江之鲫，母亲更不知

道城里有一种叫电梯的"楼梯"是不必花人力行走的，人只要站在上面，就可以到更高的地方。可是，谁不眷恋家乡呢？谁不说自己的家乡美呢？家乡的水也清，家乡的山也美，即使官当得再大，拥有的财富再多，魂牵梦萦的依然是故里。

家乡永远是美好的，因为家乡有亲人的惦念，还有童年的梦想。可是我必须再一次离开，为了明天更好的生活。

九

我每次面对城市时，始终觉得有种陌生感。或许让我感觉陌生的并非纵横交错的街道，也不是难以消遣的距离感，而是心灵上的孤寂。没有接来母亲，我很失落。原先振奋的我好像经历了一次挫折，不觉忧郁了许多。每当夜幕降临时，我就在心里默默地祈盼家中的几头小猪快快长大卖掉，这样母亲就会无后顾之忧地来到我身边了。我希望在母亲来城里之前，能够多挣些钱，这样可以让母亲过上好一点儿的生活。可是我忽略了自己的身体，终于，在我拖着几袋沉重的货品回到店里时，只觉得眼前一黑，就什么都不知道了。医生告诉我，必须在医院里疗养一段时间才可以出院。听了医生的话，对亲人的思念愈发强烈，我多想母亲和姐姐在我的面前，然而这一切是那么遥不可及。可是另外一个念头却告诫自己，我不可以让家人为我担心，不可以让母亲知道我的病情。但我生病的消息还是不胫而走，被母亲知道了。当母亲一脸憔悴地从千里之外赶来时，我知道这个世界还有一直关心我的人。曾经一再坚持不进城的母亲，这时却心急火燎地赶了过来。记忆中的母亲一直是坚强的，哪怕再累再苦，她都会笑着面对，但这一刻母亲却当着那么多人的面为我泪如泉涌！

"娘，对不起！"我强忍疼痛，强作轻松地说道。"该说对不起的是娘，是娘没有来照顾你，让你在外面受苦了。"母亲满脸羞愧地颤抖着说道。自从母亲来了以后，我舒展了许多，病房的人都说我变了，变得爱笑了。其实我原本就爱笑，只是境遇夺去了我的笑容。我的病情比我想象的严重，需要动手术。动手术那天，母亲一直对着我微笑，我知道她的笑容中更多的是心疼和焦虑。而我却很放松，因为有母亲的时刻陪伴，我无以为惧。在我进手术室的那一刻，医生跟母亲说只是小手术，不要担心。我分明看见母亲对着天空十指相合，口中念念有词，那一定是在乞求我平安。当我从手术室中被推出来时，我看到母亲的脸上印满了泪迹，我已无法知道坚强的母亲这天流了多少眼泪。我确定在我手术的过程中，母亲一直没有停止流泪，那无疑是她今生最漫长的一段痛苦了。

手术后，我在医院又住了一个星期，当母亲和姐姐搀扶着我走出医院时，我第一次发现，这个城市的空气原来如此怡人，我不由得深深地吸了一口。这时我抬头看见正午的骄阳，似乎在对着我颔首，我仿佛见到自己的青春正熊熊燃烧。我看看身旁的母亲和姐姐，由衷地笑了起来。

虽然我住院不是一件好事，却因此提前完成了我们一家三口在这座城市的相聚。我多希望这种日子能一直下去，这样我的笑声每天都会响彻这座城市。

十

往常母亲总是在八点之前就已经买菜回来给我做早点，可是那天已经十点了，依旧不见母亲的身影。我不停地在窗前徘徊，似乎预感会发生什么，内心开始忐忑不安。即使在那最孤寂最无助的岁月，我依然有坚定的信念，但此刻的我完全失去了思维。我拖着尚未痊愈的身体往楼下跑去，到了街口，我一时之间竟然不知该往哪个方向寻找。车人如潮的街头让我有种窒息的感觉。我在母亲有可能去的菜场和超市之间不停地寻找，却始终不见母亲的身影。心烦意乱的我流着眼泪呼喊母亲，多么希望那个熟悉而亲切的身影即刻出现在我的视野里啊！

我坚信目不识丁的母亲并非有意迟归或者走远，当我确信在大街上根本找不到母亲时，我一下子突然意识到母亲已经发生了意外。当这个可怕的意识占据我全部的意识时，我一路跌跌撞撞地哭叫着，鬼使神差，我竟会不由自主地从就近的一家医院开始，一家一家医院询问过去，由每一家医院的急诊室再到太平间一一排查。当我拖着疲惫不堪的身体，战栗着移步到市医院的太平间时，眼前的一张板床上躺着一个人，纵使躯体已是血肉模糊，可是我依然一眼就认出，那是我最亲爱的母亲。我发疯似的搂抱着已僵冷的母亲，撕心裂肺地摇晃着，但任凭我如何惊天动地叫喊，任凭我心如刀割地悲嚎，母亲依旧丝毫不动。

"娘、娘、娘……"我已泣不成声。我掀起布满泪痕的衣角擦拭母亲那血污相缠的嘴角，并把自己温热的脸贴在母亲冰凉的脸上，似乎想藉此焐热母亲僵直的躯体。此时此刻，孤立无助的我除了悲啼之外，不知还能做些什么，突然间我狠狠地向墙壁撞去。我想让自己清醒，因为我不相信眼前的一切是真的。我无力面对眼前的事实，我还有什么颜面活在世上呢？我恨自己，因为自己，母亲才风尘仆仆地赶来，可我却间接地把母亲的生命终结在这个陌生的城市。她还没有来得及享受城市的美好，就永远地闭上了眼睛。

当我们蹒跚走路时，当我们咿呀学语时，当我们面对社会时，当我们成家立业时，当我们为人父母时，其间每一点每一滴都是用母亲的青春和生命堆积而成。当我们尚有一丝生命存在时，我们就应该尽孝。可此时此刻，我将永远失去了这个机会。每个人的一生中可以忘记很多事，但有些事自始至终都不能忘记，也不会忘记，更不该忘记，那就是关于母亲的所有一切故事。"母亲"这个词，一个很简单的词，却是累积我们生命的砝码。

2002年6月13日，五十六岁的母亲在这个陌生的城市遭遇车祸，就这么走了，带着她一生的悲苦走了；母亲就这么走了，带着她最大的遗憾走了；母亲就这么走了，没有留给我们姐妹一句话就悄悄地走了。姐姐带着她那哭红的双眼来了，我多么希望姐姐在这个时候狠狠地痛打我痛骂我，是我让她失去了母亲，使我们姐妹成了孤儿，但是姐姐除了恸哭，什么都没有说。从此这个世界上，我只能与姐姐相依为命。我已经没有比姐姐更亲的人了。

父亲走得早，这些年来，母亲一个人含辛茹苦地支撑着这个风雨飘摇的家，她受尽了人间的冷落和风霜，我一定要把她安葬在父亲的身边，好让父亲在天堂可以给她温暖与爱护。母亲生前住的房子一直简陋残破，为了能够让泉下的母亲安逸，我特意请了最好的工匠师傅建造了高大的坟墓，清冷的墓碑上，刻着姐姐与我的名字……

秋叶飘零在父母的墓碑上，让人感觉到世界的无比凄凉。我和姐姐在父母的碑前种了两棵柏树，愿它们长成一片葱翠，愿父母在那里甜甜美美平平安安。我在心里默念："娘，虽然您不曾带给我们荣华富贵，但您给了我们最宝贵的生命，我的生命里有您纯朴而又善良的基因。"

后 记

　　我的第一篇散文《破碎》发表，距今已经十多年了。她就像一朵小花，本该在初春就烂漫，可直到暮春才绽放。她对别人而言，或许不足挂齿，可是我将她视为我人生的一块里程碑。我感到，从事文学创作是我的大幸，是对我早年种种不幸的补偿。这看似不经意的闯入，实际是一种缘，仿佛前生有约。

　　有位作家一再叮咛我说："你对写作务必要自信。高尔基只上过两年半小学，李白和屈原是哪个大学毕业的？鲁迅开始是学医的，郭沫若也是。可他们都在文学上达到了令人难以企及的高度。况且你有极强的文学意识，出众的叙事才能，极高的悲悯情怀，还有那样丰富的社会阅历……"

　　他的话启开了我封闭的心扉，如暖暖的清新的春风在我的心海里吹起了理想和渴望的涟漪。

　　突然觉得，虽然我写作只有几年，但对文学的记忆却好似从幼年时就开始了。那时世界呈现给我的总是苦难的场景：祖母的悲痛、父亲的低沉、母亲的哀泣等等。这些伤痛的岁月，总不能如云烟一样从我眼前散去，记忆之剑不知给我带来多少悲怆。在无数次的梦中，我总是见到那些令人恐惧的情景。人们常说，忆旧是衰老的表现。我宁愿默认这种衰老，而不能也无法忘掉苦难的岁月。然而，它们慢慢在我的心里沉淀时，却也慢慢变成了孕育我文学创作之梦的温床，变成了让我成长的摇篮。

　　这些年来，因昔日曲折的经历、生命的疼痛和内心的悲悯而倾诉，让每一个字都如一滴热血，缓缓地滴落在我手机的屏幕上，它们洇染、盛开，成为滋养世道人心的鲜花。这使我深深地认识到，文学不是大学文凭的衍生物，也不是养尊处优所能给予和造就的，而是痛苦的心灵、悲悯的情怀沥出的一滴滴鲜血。

我的文学创作不只源于自己和亲人的故事，还源于对故乡的情感。我喜欢故乡浓荫覆盖下的房屋、土院、木窗，喜欢父辈一样的农人简单的劳动和生活。他们对人的质朴、坦然和真诚，前生就注入了我的血脉。不管我离开他们多远多久，在表面上同他们如何分歧甚至背叛，可是我却时时对他们牵肠挂肚，在内心深处和他们相通、相融。每当夜深人静，他们的生活和故事总是在我的血脉里涌动，在我的梦中出现，浸润和搅动着我的心海和神经，让我辗转反侧，难以成眠。我以小巧玲珑、握在掌心的手机为书写工具，无论在什么场所，只要灵感来访，便挥洒自如，超强释放，势不可当，心至文成。一篇文章尘埃落定，内心暂时平静，可是要不了多久，就又风起云涌，爆发新的创作欲望，源源不断的文思催生出一篇又一篇新作。创作的题材和情感全然像至爱亲朋团团包围着我。我的写作就是这样推着我走向广阔，走向深邃。

我酷爱自然——大到一座山峰、一条江河、一处海天，小到一棵树、一朵花、一片叶。我看到鲜艳绚丽的桃花，就无限欢欣；看到随水漂逝的杨花，就顿生愁怨；见到累累的硕果，我会尽展歌喉，唱出心中最美的歌；见到百木萧条，落叶纷飞，心中就会立刻充满忧伤和悲凉……总之，日出月落，阴晴雨雪，一切的一切，都会在我的心中激起情感的浪花。这或许就是触发我创作灵感的永不枯竭的源泉吧。

有一位女诗人说："文学，是一项需要在其中留下'个人标记'的事业，写作，就是在纸上按下手印。每个人都应该先写下自己命定的那一份。"我欣喜在自己的作品中按下自己的手印。我终于把我昔日的疼痛、苦楚和挣扎写了出来，终于把我的所爱，包括我认为的美与善写了出来。

我活在文学中，成了文学的附庸，文学成了我的主宰。我用文字记录了大自然的美，记录了人性的善与恶，记录了我心中的爱，这是我对文学的回报。一本书是一匹布，文字是丝线，纺织、缠绕、缠绕、纺织，从容利索、井然有序方能纺就精美图案！随心所欲地倾诉是一种释怀享受，我将情感转化为文字，是人世间最美妙的舞蹈。生活中，往往言不由衷、往往背道而驰，只有在文字的海洋里，才能畅我所思、畅我所语、畅我所悟，我可以毫无保留地将自己的灵魂剖析！种瓜得瓜，只有付出真诚与真情，才可以收获饱满吉祥的果子。

我不会忘记，家乡的溪流和井水给我生生不息的灵气，家乡的父老和土地给我源源不断的养分，所有的读者给我热烈的鼓舞。那么多德高望重的前辈与才华横溢的师友，惠赐宝典、指引方向，使我长出美丽的翅膀，从容飞上中国文学的天空，加入当代文学作家队伍的雁阵。从《岁月追风人》到《月上柳梢头》，从《追梦霞满天》再到《人约黄昏后》《梦回花间有呢喃》，仿佛见证自己播种的一棵棵花苗成长，我将一如既往地迎接时代的拥抱。